KB090831

말의 서랍

말, 인생을
원하는 대로
끌고 가는 힘

말의 서랍

김종원
지음

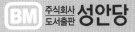 주식회사 **성안당**
도서출판

상황에 딱 맞는
적절한 말은
왜 늘 돌아서면 생각날까?

가끔 SNS에 자신의 전신사진을 올리는 여자가 있다. 다른 옷을 입을 땐 사진을 올리고 간단하게 설명만 쓰지만, 유독 치마 입은 사진을 올릴 때에는 이렇게 자신의 상태를 설명하곤 한다.

"역시 치마는 잘 어울리지 않는 것 같아."

그녀의 말만 들으면 그게 그녀의 본심인 것처럼 보인다. 하지만 치마를 입고 사진을 찍을 때에만 늘 허리 뒤로 간 그녀의 손은 그녀가 진정으로 듣고 싶은 말이 무엇인지 알려준다. 치마 입은 사진을 찍을 때마다 그녀의 왼손은 사진을 찍고 있지만, 오른손은 언제나 뒤에서 옷의 허리 부분을 꽉 잡아 스스로 조금 더 예쁘게 보일 수 있게 만들고 있다. 결국 그녀가 듣고 싶은 말은 이것이다.

"치마도 참 잘 어울리네."

"나는 거짓말은 못 해!"라고 주장하며 "너 정말 치마는 안 어울린다"라고 솔직하게 말할 수도 있지만, 그녀의 오른손을 보고도 그렇게 말하는 건 예의에 어긋난 행동이다. 자신이 하고 싶은 말을 하는 자세도 필요하지만, 상대가 절실하게 듣고 싶은 말을 해주는 것도 참 따뜻한 일이다. 여기에서 중요한 건, "치마는 잘 어울리네"가 아닌 "치마도 잘 어울리네"라고 말해야 한다는 것이다. 전자는 다른 건 하나도 어울리지 않지만 치마는 잘 어울린다는 최악의 표현이고 후자는 바지도, 드레스도, 치마도, 모든 옷이 잘 어울린다는 최고의 찬사다. 작은 표현 하나가 듣는 사람의 귀를 황홀하게 할 수도, 마음에 상처를 낼 수도 있다. 상대를 섬세하게 관찰하고, 그의 성향도 파악해야 하지만 본질은 '적절한 때, 적절한 표현'을 해야 한다는 데 있다. 같은 표현도 상황에 따라 다르게 들리기 때문이다.

같은 말을 해도 예쁘게 하는 사람은 그렇게 하지 못하는 사람보다 훨씬 짧은 시간에 적은 노력으로 원하는 것을 얻어낼 수 있다. 반대로 다른 사람보다 예쁘게 말하지 못하는 사람은 그렇게 하는 사람보다 훨씬 빠르게 비난을 받고, 아무리 돈과 시간을 쏟아도 원하는 것을 이루지 못한다. 세상에는 "너 참 예쁘게 말한다"라는 평가를 듣는 사람들이 있다. 그들은 그저 존재만으로 주변의 빛이 되고, 말 한 마디로 사람들의 두터운 신망도 얻는다.

대화는 서로의 마음을 나누는 행위다. 마음은 쟁취하는 게 아니라 얻는 것이기 때문이다. 하지만 많은 사람들이 지금도 여전히 불행과 비난을 자초하는 말을 내뱉고 있다. 그런 사람을 만날 때마다 겉으로 드러내지는 못하지만, 속으로 이런 생각을 하게 된다.

'저기, 적당히 해주세요. 지금 멈추지 않으면 저 화날 것 같아요.'

'대화 스톱' 기능을 하는 비밀 버튼이라도 있으면 바로 누르고 잠시 휴식을 취하거나 당장 집으로 돌아가고 싶은 순간이 간혹 있다. 아니, 매우 자주 그렇다.

무슨 날만 되면 검색어 순위에 오르는 말이 있다.

'인사말'

추석에는 '추석 인사말', 설날에는 '설날 인사말' 등 누군가에게 감사의 인사를 전할 때가 되면 꼭 인사말이 검색어 순위에 오른다. 물론 그만큼 정성을 담고 예절에 맞게 보내고 싶은 마음을 모르는 것은 아니다. 하지만 아무리 많은 시간을 들여 검색해도 전하고 싶은 마음은 발견할 수 없다. 그러다 이상하게도 언제나 돌아서면, 했으면 좋았을 말이 폭포처럼 쏟아진다.

"상황에 딱 맞는 적절한 말은 왜 늘 돌아서면 생각날까?"

적절하게 대답하지 못한 채 돌아서면 잠들기 전까지 그 장면이 떠오른다. '그때 이렇게 이야기했어야 했는데'라는 생각에 찬 '이불킥'을 모두 모으면 이불에 구멍이 날 정도로 우리의 대화는 수많은 후회를 남긴다. 이것이 바로 내가 《말의 서랍》을 쓴 이유다.

사람은 누구나 '말의 서랍'을 갖고 있다. 서랍 속에서 양말이나 셔츠, 바지와 속옷을 꺼내 입는 것처럼 우리는 말의 서랍 속에서 상황에 맞게 말을 꺼내 상대에게 보여준다. 아무리 검색해도 적절한 말을 찾을 수 없는 이유는, 내 안에 없는 것을 보여줄 수 있는 사람은 없기 때문이다.

아무리 좋은 마음을 전하려고 해도 그것이 내 말의 서랍에 없는 표현이라면 보여줄 수가 없다. 그래서 마음과 다른 말로 상대에게 실망을 주게 된다. 세상에 보여주고 싶은 마음이 있다면 그것을 표현할 수 있는 말의 서랍을 먼저 갖춰야 한다. 그러면 때에 맞게 적절하게 꺼내 사용할 수 있다. 그리고 더는 돌아서서 후회하지 않아도 된다. 또한 가장 이상적인 말의 서랍은 우리로 하여금 우아한 일상을 보낼 수 있게 하며, 말을 하면 할수록 행복한 나날을 보낼 수 있게 한다.

"그대의 '말의 서랍'에는 무엇이 들어 있나요?"

먼저 이 질문에 답할 수 있어야 한다.

자신과 제대로 마주한 사람만이 더 나은 말의 서랍을 가질 수 있기 때문이다.

그런 말의 서랍을 갖고 싶다면 '자존감', '안목', '기품'을 동시에 갖춰야 한다. 그리고 평소에 일상에서 더 나은 말을 하려는 노력을 멈추지 말아야 한다.

"눈빛은 눈의 언어고,
지식은 두뇌의 언어고,
지성은 삶의 언어다."

그대가 원하는 것을 말의 서랍에 채워라.
말이 그대가 원하는 삶을 살게 도와줄 것이다.

1.

'말의 서랍' 크기가
인생의 크기를 결정한다

제때 나온 한마디가
백 송이 꽃보다 아름답다

당신의 일상을 섬세하게 관찰해보라.

- 더 좋은 말을 하려고 했는데 생각대로 말이 나오지 않았던 일
- 그렇게 의도한 게 아닌데 상대방이 오해를 했던 일
- 한마디의 실수로 상처를 입은 상대가 적이 되었던 일

이 모든 상황은 우리 주변에서 매우 자주 일어나며, 우리를 괴롭히는 문제 중 하나다.

사람들은 누구나 일상을 반복하며, 그 속에서 수많은 상황을 마주하게 된다. 그때마다 적절한 말로 지혜롭고 현명하게 대처한다면 자신이 원하는 것을 조금 더 빠르게 이룰 수 있다. '맥락에 맞는 언

어'를 사용하는 사람은 대화 문제로 고민하는 시간을 줄일 수 있어 더 경제적이고 효율적으로 일상을 보내며, 동시에 보다 품위를 갖출 수 있다.

"그 사람이 하는 말은 다 좋다. 들어서 나쁜 말이 하나도 없고, 틀린 말도 하나도 없다. 좋은 말과 올바른 말만 하고, 또 때에 맞게 한다. 말을 해야 할 때만 하고, 쓸데없이 하지도 않는다. 그가 하는 말은 꼭 무슨 이유가 있고, 유익하다."

세상에는 이처럼 "그가 하는 말이라면 반드시 믿을 수 있고, 언제나 도움이 된다"는 평가를 받는 사람이 있다. 항상 상황을 확실하게 분석하고, 적절한 표현을 사용해야 한다. 즉, 언제 어떻게 말해야 하는지 알아야 한다. 그것이 바로 내가 지금부터 전하고 싶은 내용이다.

늘 후회하며 돌아서는 사람들의 말의 서랍은 총 네 칸으로 구성되어 있다.

- 자기 생각이 아니고, 이기적인 마음에서 나왔고, 상대의 입장을 배려한 말도 아니다.
- 자기 생각이지만, 이기적인 마음에서 나왔고, 상대의 입장을 배려한 말이 아니다.

- 이타적인 마음에서 나온, 상대의 입장을 배려한 말이지만, 자기 생각이 아니다.
- 상대의 입장을 배려한, 자기 생각에서 나온 말이지만, 이기적인 마음에서 시작했다.

반대로, 돌아서서 후회하지 않는 사람들의 말의 서랍에는 이런 표현이 담겨 있다.

- 자기 생각이고, 이타적인 마음에서 상대의 입장을 배려한 말이다.

가장 중요한 사실은, 그들은 그 말을 해줄 적절한 때를 알고 있다는 것이다. 그들은 우리에게 이렇게 조언한다.

"말하기 전에 먼저 생각하라. 그다음에 말하라."

기업의 운명이 걸린 매우 중요한 다국적 기업의 대표 간 회의나 나라의 운명이 걸린 세계가 주목하는 정상 간의 회담에서는 서로 다른 언어를 쓰기 때문에 보통 통역을 중간에 두고 소통을 한다. 그런데 아주 가끔 통하는 언어 하나가 생길 때가 있다. 그럴 땐 같은 언어로 소통할 수 있으니 '당연히 중간에 통역을 두지 않고 바로 대화를 나눠야 한다'고 생각하는 사람들이 많다. 얼핏 생각하기엔 그들의 의견이 타당한 것처럼 보인다. 하지만 그들은 오히려 말의 중요성을 잘 모르는 것이다. 매우 중요한 자리에 통역을 두고 대화를 나누는 이유는, 단지 소통을 위한 목적 때문만은 아니다.

그렇다면 그 답이 무엇인지 한번 생각해보라. 서로 같은 언어로 충분히 대화할 수 있지만, 중간에 통역을 두고 대화를 나누는 이유가 뭘까? 만약 답을 맞힌다면 당신은 이 책을 읽을 필요가 없다. 이미 모든 것을 충분히 알고 있는 셈이니까.

답은 매우 간단하다. '더 생각할 시간을 갖기 위해서'다. 같은 언어로 유대감을 형성하고, 빠르게 대화하는 것보다 정확한 표현을 제때 말하는 게 더 중요하다. 상대가 말하고 그것을 통역을 통해 듣는 시간 동안 나는 조금 더 정확한 표현을 생각해낼 수 있다.

'생각의 방향'을 잘못 잡으면 관계를 망치는 말을 하게 되고, 생각의 방향을 바로잡으면 관계를 회복하는 말이 나온다. 세상에 언제나 올바른 말은 없다. 같은 말이라도 상황과 때가 그 말의 올바름을 결정한다. 그래서 단어와 표현을 아무리 많이 알고 있는 사람도 적당한 곳에서 적절한 때에 좋은 말과 올바른 말만 하기는 쉽지 않다.

상황과 때를 알아야 하기 때문이다.

　　말은 마음에서 출발해 입으로 새어나온다. 입은 그저 말이 나오는 통로 역할을 할 뿐이다. 그래서 말이 입에서 새어나오기 전에 먼저 깊이 생각하여 '맞는지 틀리는지', '영감을 줄 수 있는지 없는지', '현명한 표현인지 아닌지', '지금 해야 되는 때인지 아닌지'를 알아야 하고, 그래야 원하는 관계와 상황을 만들어나갈 수 있다.

왜 나는 말을 할수록
손해 보는 걸까?

'그건 내가 좀 손해 보는 것 같은데.'

'어, 이게 아닌데. 언제 이야기가 이렇게 됐지?'

개인 사업을 하든 직장에서 책상 앞에 앉아 일을 하든, 우리는 무언가를 만들어서 상대에게 파는 입장에 놓여 있다. 그리고 결국 모든 길은 대화로 이어진다. 내가 만든 제품의 구매자와 제대로 대화를 해야 내가 만든 제품도 제값을 받을 수 있다. 제품의 질도 중요하지만, 대화의 질도 그 못지않게 중요하다. 당장 결과가 눈에 보이지 않는 '기획안'이나 '사업제안서'도 마찬가지다.

생각해본 적 있는가?

'왜 나는 말을 할수록 손해 보는 걸까?'

아마 대개 '내가 착해서 그렇지', '나쁜 소리를 못해서 문제야',

'좋은 게 좋은 거니까'라는 이유를 들 것이다. 그런데 그건 핑계일 뿐 본질적인 이유가 될 수 없다. 손해 보는 이유를 알고 싶다면 질문을 이렇게 바꿔야 한다.

'내가 손해 본다고 생각하는 이유는 뭘까?'

어쩌면 실제로는 손해를 보지 않았을 수도 있다. 그럼에도 어떤 상황에서 자신이 손해를 봤다고 생각하는 이유는 주변 사람들과 비교했을 때 불이익을 당했다고 생각하기 때문이다. 정당한 대가를 받지 못하고 이용당하는 느낌이 들 때 우리는 그렇게 생각한다.

자, 이번에는 질문을 이렇게 바꿔보자.

'불이익을 당하지 않으려면 어떻게 말해야 하는가?'

이제 조금 본질에 다가서고 있다. 타인에게서 불이익을 당하지 않기 위해서는, '너는 나에게 불이익을 줄 수 없다'는 마음으로 대화에 임하는 게 좋다. 그래야 모든 대화를 내가 원하는 방향으로 흐르게 만들 수 있다. 그리고 상대의 표현을 세심하게 관찰하라. 이를테면 '여자니까', '아직 어리니까', '마음이 넓으니까', '당신이 전문가니까', '혼자 사니까' 등의 말로 시작하는 거의 모든 말은 당신에게 불이익을 주겠다는 신호라고 생각하면 된다. 상황을 자꾸 분석하다 보면 불이익을 당하는 상황에서 빠져나올 수 있는 길이 보인다.

물론 간혹 분석이 제대로 통하지 않을 때도 있다. 그럴 때에는

'나만의 위치'를 설정하면 도움이 된다. 모든 대화가 평화롭고 아름다울 수는 없다. 그런데 분노와 비난이 가득한 대화는 사람의 마음을 혼란스럽게 한다. 그런 분위기에서는 마음과 다른 말이 난무하고, 이성을 잃고 감정에 치우친 표현만 내뱉게 된다. 결국 모든 대화를 마치고 돌아오면 후회만 가득한 시간으로 기억될 뿐이다. 이에 대비해 언제든 스위치를 누르면 돌아갈 수 있는 나만의 위치를 만들어놓으면 어떤 상황에서도 공감을 이끌어내는 말을 할 수 있다. 또한 감정의 상처를 받고 소비하는 시간과 분노로 사라지는 시간을 줄일 수 있다.

나는 나만의 위치를 '사색훈'이라고 생각하며 실천하고 있다. 기업에는 사훈이 있고, 교실에는 교훈이 있다. 마찬가지로 우리 삶에도 사색훈이 필요하다. 나의 사색훈은 '세상과 사람을 사랑하는 마음으로 살자'다. 나는 대화를 나눌 때 분위기가 고조되거나 부정적으로 흐르고 있다는 생각이 들면 바로 스위치를 눌러 나만의 위치로 돌아가 생각한다.

'지금 내 입에서 나오는 말은 상대를 사랑하는 마음에서 나오는 표현인가?'

'나는 왜 지금 상대와 감정싸움을 하고 있는가?'

이런 질문을 반복하며 나는 다시 처음으로 돌아가 사랑하는 마음으로 대화를 시작한다. 상대를 바꾸고 싶다면 다른 방법은 필요 없다. 내가 변하면 상대도 변한다. 그러기 위해서는 언제든 돌아갈 수 있는 나만의 위치가 있어야 한다. 이를 위해 끊임없이 자신이 서 있는 위치를 수정하는 용기가 필요하다.

마음을 다치면
관계도 아픔을 겪는다

　　항상 일 문제로 만나는 사이에서 더 많은 다툼이 일어나는 이유는 뭘까? 그것은 서로에 대해 잘 모르기 때문이다. 그런 관계일수록 표현에 조심해야 한다. 그보다 더 위험한 관계가 있는데, 바로 몇 번 만나서 서로를 조금 알게 되었다고 생각하는 관계다. 운전도 마찬가지지만, '이제 좀 편안해졌네, 이제 좀 알 것 같아'라는 마음이 생길 때 꼭 실수를 저질러 사고가 나곤 한다.

　　여기 한 커피숍에서 같은 시기에 대학 생활을 한 여자 두 명이 대화를 나누고 있다. 오랜만에 만난 그들은 서로의 안부를 물으며 좋은 분위기 속에서 대화를 시작하지만, 평화로운 분위기는 금방 끝나고 고통의 시간이 찾아온다. 문제는 각자 서로의 대학 시절 추억을 이야기하며 시작된다. 패션 분야로 이야기가 이어지자 한 명이 부끄러운 표정으로 "내가 예전에 공주 느낌의 드레스를 자주 입고 다녔지"라고 말했는데, 마침 패션을 전공한 상대가 마치 기다렸다는 듯이 단호하게 외친 것이다.

"에이, 그런 건 전혀 안 어울릴 것 같은데, 아무리 생각해도 그건 아니네요."

상대의 냉정한 한마디에 분위기는 급속도로 냉각된다. '어울리지 않는다'는 말에 상처받은 상대는 애써 표정을 숨기지만, 애써 감추려는 그 마음이 그대로 전해진다. 내가 지켜본 바에 의하면 그녀가 상처받은 이유는 다음의 두 가지 때문이다.

하나는 과거 공주 느낌의 드레스를 입고 다닐 때 스스로도 '이 옷이 과연 내게 어울리는 게 맞나?'라는 의문을 갖고 있었기 때문이고, 또 하나는 '어울리지 않는 옷을 입고 다니는 건 아닐까?'라는 걱정스러운 마음이 주변에서 들려오는 험담과 부정적인 시선을 모두 흡수했기 때문이다. 공주 느낌의 드레스를 입었던 그 순간의 기억이 사실은 그녀에게 상처였던 것이다. 그런데 상대가 애써 잊고 산 세월을 너무나 쉽게 끄집어내서 더 깊은 상처를 낸 것이다. 그런 상황에서는 지금까지 살면서 옷에 관련해 받은 모든 상처의 책임이 상대에게 집중된다. 심지어 상대는 그런 상태에 빠진 그녀에게 마지막 폭탄을 던진다.

"솔직한 게 좋은 거 아닌가요? 저는 거짓말은 못 합니다."

그는 솔직한 게 아니라 냉정한 거다. 굳이 사업적으로 연결된 관계도 아닌 사람에게 냉정하게 밀힐 필요가 있을까? 어울리지 않는다는 표현도 결국 개인의 취향일 수 있다. 솔직히 어울리지 않을 것 같다는 생각이 들어도 그것을 바로 표현하기보다는, "다음에 한번 입고 나와보세요. 그 옷을 입은 모습이 궁금하네요. 한번 보고 싶어요"라고 돌려서 표현하는 게 좋다. 그렇다고 상대가 진짜로 그 옷을 입고 나오지는 않을 것이기 때문이다.

우리가 원하는 것은 '따뜻한 공감'이지 '냉정한 평가'가 아니다. 우리는 상대의 말을 평가하는 심판이 아니라는 사실을 기억해야 한다. 만약 냉정한 평가가 아닌 공감할 수 있는 따뜻한 말을 했다면 상대는 두 가지 좋은 감정을 느꼈을 것이다. 하나는 '그 모습이 이상하지는 않을 거라고 생각하는구나'라는 안도감이고, 다른 하나는 '내가 그 옷을 입은 모습을 보려는 마음을 갖고 있구나'라는 상대를 향한 호감이다.

적절한 관심과 호감이 빠진 표현은 상대의 마음을 아프게 한다. 관계는 생물이다. 살아 있는 두 사람이 엮여 있기 때문이다. 숨소리 한 번에도 관계는 요동친다. 마음을 다치면 당연히 관계도 아픔을 겪는다는 사실을 기억하자.

말과 글을 지울 수 있는
지우개는 없다

     말과 글은 언어다. 언어는 자신의 생각을 표현하는 그릇과 같은 것이다. 생각이 크면 생각을 담는 그릇도 커야 한다. 생각이 많이 있어야 그다음 언어로 표현할 수 있다. 특히 SNS에서의 글쓰기는 매우 중요하다. SNS에서의 대화란 결국 글쓰기로 이루어지기 때문이다. 오프라인에서의 대화에 능숙하지 않은 사람은 대개 공통적으로 SNS에서의 글쓰기 실력도 부족하다.

     온라인 세상에서 가장 중요한 것 중 하나가 댓글이다. 댓글이란 원글을 쓴 사람과의 대화 방편이나 마찬가지기 때문이다. 가장 안타까운 경우는 분명 좋은 마음으로 쓴 댓글인데, 감정을 제대로 표현하지 못해서 기분 나쁘게 읽힐 때다. 물론 그 사람의 마음을 잘 아는 사람이라면 대충 이해하고 넘어가겠지만, 서로 깊게 소통하지 못한 관계라면 이해하지 못할 수도 있다.

예를 들면 이렇다. 누군가 사는 게 너무 힘들다는 글을 썼다. 하지만 그럼에도 꿈을 향해 나아가는 하루하루가 즐겁다고 말하며 글을 마쳤다. 그러자 한 사람이 댓글로 이렇게 적었다.

"인생을 평가하는 건 자신의 몫입니다. 모든 인생이 소중한 것과 같은 이치죠. 내가 살아보니 그렇더이다. 꿈을 선택하신 것, 아주 잘했어요. ㅎㅎㅎ 힘내세요~~!!!"

느낌이 어떤가? 뭔가 애매한 기분이 들 것이다.

'대체 이 사람, 댓글을 쓴 이유가 뭐지?'

처음에는 뭔가 가르치려는 느낌을 주다가, 갑자기 잘했다고 칭찬하며 웃다가, 마지막에는 힘내라고 한다. 댓글 하나를 남길 때에도 생각을 하고 적어야 한다. 아무리 마지막에 힘을 내라고 적었어도 글쓰는 과정에 문제가 있으면 비난으로 들리기 때문이다. 게다가 이미 힘든 사람에게 힘내라고 말하는 것은 가혹하다. 이를 이렇게 바꾸면 어떨까?

"현명한 결정을 하신 것 같아요. 소중한 꿈이 이루어질 거라 믿습니다.^^"

누군가를 말로 응원하고 싶다면 다음 내용을 기억하라.

- 자신의 과거 경험은 최대한 배제하라.

- 본인 입장에서 할 수 있는 표현은 자제하라.

- 관점을 고생이 아닌 꿈을 이룬 미래에 맞춰 적어라.

물론 상대에게 도움이 되고자 하는 마음은 알지만, 그 마음을 제대로 표현해야 한다. 그 사람을 생각하는 만큼, 사랑하고 아끼는 만큼 더 많이 생각해 마음을 표현하는 게 좋다.

무엇보다 자신이 쓴 글을 다시 읽어보면서 수정하는 방법이 가장 좋다. 이는 내가 댓글을 쓸 때마다 사용하는 방법 중 하나다. 어떤 글이든 읽어보면 쓸 때와는 느낌이 또 다르다. 읽는 사람의 입장을 이해하고 싶다면 반드시 읽으면서 수정하는 과정을 거쳐야 한다.

우리가 상대의 마음에 다가갈 수 있는 표현을 잘 떠올리지 못하는 이유는 다가가려는 노력을 하지 않기 때문이다. 다가가고 싶은 만큼 더 많이 읽어보라. 최소 세 번 이상은 실제로 말하듯이 읽어라. 그 정성이 댓글에 고스란히 남아 자신을 빛낼 것이다. 과연 그 빛을 읽는 사람이 모를 수 있을까?

SNS에서의 글은 오프라인에서의 말과 같다. 생각 없이 쓴 하나의 문장은 다시 주워 담을 수 없다. 상대가 읽는 순간, 이미 지워지지 않는 기록으로 남게 되기 때문이다. 두 번, 세 번, 아니 수십 번씩 더

"말이 내 입술에 머무는 시간은 길어야 10초지만,
상대방의 가슴속에는 10년 넘게 지워지지 않고 남을 수 있다."

생각하고 말해야 하는 이유는 내가 한 한마디의 말이 전해지는 시간은 길어야 10초지만, 그것을 들은 상대의 가슴에서 내 말이 사라지는 기간은 10년이 넘게 걸리기 때문이다.

"세상에 말과 글을 지울 수 있는 지우개는 없다.
말하기는 쉬워도 지우기는 어렵다."

시가 총액 1조 원을 만든
한마디의 힘

"상장하면 시가 총액이 최소 1조 2,000억 원에서 1조 6,000억 원 수준은 될 것이다."

승승장구하며 매년 최고의 매출액을 갈아치우는 한 기업에 대한 굴지의 금융투자기업의 평가다. 그 기업의 이름은 '빅히트', 그 일등 공신의 주인공은 빌보드를 점령한 '방탄소년단'이다. 수많은 사람들이 방탄소년단의 성공에 대해 나름의 평가를 한다.

- 스스로 부끄럽지 않을 정도의 완성도
- 더 나은 음악을 위해 어떤 손해도 감수할 수 있다는 마음가짐
- 다양한 융합을 시도하며 새로운 것에 도전하는 자세
- 팬들과 긴밀하게 소통하며 좋은 것을 나누려는 선한 영향력

해외 팬들도 한몫 거든다.

"SNS를 통해 그들의 겸손함에 반했다."

물론 다 맞는 말이다. 하지만 나는 '맞는 말'보다는 '본질의 말'을 추구하며, 그것을 찾아야 그 사람과 기업의 경쟁력을 제대로 바라볼 수 있다고 생각한다. 방탄소년단이 이룬 모든 성취의 시작도 결국 한마디에서 시작했다.

그 중심에는 빅히트의 대표 방시혁 프로듀서가 있다. 제6회 유재하 음악가요제에 참가한 그는 재능을 발견해준 박진영에 의해 발탁되었고, 기대대로 수많은 히트곡을 만들었다. 데뷔하자마자 비의 〈나쁜 남자〉, god의 〈하늘색 풍선〉, 박지윤의 〈난 사랑에 빠졌죠〉, 2AM의 〈죽어도 못 보내〉, 백지영의 〈내 귀의 캔디〉 등의 곡을 만들어 '히트곡 제조기'라는 별명도 얻었다.

그러다 어느 순간, 때가 되었다는 생각에 박진영의 회사 JYP에서 나와 빅히트라는 회사를 차렸다. 그렇게 의욕적으로 시작한 빅히트의 미래는 밝을 것만 같았다. 하지만 결과물이 계속 안 좋았고, 경영을 3년쯤 하면서 정신을 못 차릴 정도로 삶이 망가졌다.

반전은 박진영과 식사를 하며 시작되었다. 박진영은 심각한 표정으로 이렇게 말했다.

"그동안 참았는데 한마디 해야겠다. 내가 너에게 듣고 싶은 얘기는 음악 얘기다. 그런데 요즘 왜 이렇게 나한테 전략, 회사, 매니지먼트만 얘기하니? 요즘 네 행태를 보면 뭘 하고 있는지 모르겠다."

방시혁은 그제야 자신이 큰 실수를 하고 있다는 사실을 깨달았다. 회사를 운영하기 시작하며 그는 자신을 경영자로서만 생각했던 것이다. 음반제작자라는 본질은 잊고, 회사를 잘 운영해야겠다는 생각만으로 하루하루를 보냈다. 일상을 음악으로 채웠던 그가 모든 것을 경영자의 눈으로만 바라보고 있었던 것이다. 당연히 좋은 음악이 나올 리 없었다. 박진영의 한마디는 그에게 이렇게 들렸다.

"지금 네가 가장 사랑하는 음악에만 집중해라."

그 한마디가 그를 치열하게 사색하며 공부하게 만들었다. 그렇게 해서 그해 탄생한 곡이 바로 시대의 대표곡 〈총 맞은 것처럼〉이다. 결과를 만든 '본질의 한마디'를 찾아내야 과정과 끝을 예상할 수 있고, 보이지 않는 이유를 생각해낼 수 있다.

최근 그는 방탄소년단에 대해 이런 원칙을 세웠다.

'영어 트레이닝을 시켜서 미국 시장에 진출하는 방향을 취하지는 않겠다. 영어 앨범 발매 계획은 없다.'

이는 단지 방탄소년단을 향한 그의 자신감 때문만은 아니다. 급하게 배운 언어와 가공한 모습보다는 뮤지션의 본질인 음악으로 승부를 보겠다는 그의 철학이 녹아 있는 원칙이다. 여러 언론과 많은 전문가들이 분석한 방탄소년단의 성공에 대한 모든 이유도 그를 움직인 한마디를 알게 되면 저절로 하나로 연결되고, 그의 철학도 쉽게 이해된다. 한마디가 한 사람을 바꾸고, 한마디로 한 사람의 인생을 이해할 수 있다.

상대를 바꿀 한마디를 하고 싶다면 오히려 그가 아닌 나 자신에게 집중해야 한다. '그 사람이 나를 어떻게 생각하느냐'보다는 '내가 그 사람을 어떻게 생각하느냐'가 더 중요하다. 다시 말해서 '세상이 나를 어떻게 생각하느냐'보다는 '내가 세상을 어떻게 생각하느냐'가 더 중요하다.

자기 자신에게 집중해야 하는 이유는 아주 간단하다. 자신에게서 벗어나는 순간, 분노라는 감정에 직면하게 되기 때문이다. 분노는 고통을 생산하는 감정이다. 우리는 자신에게서 벗어나는 순간, 타인에게 도움을 줄 한마디를 할 수 없게 된다.

또 하나 중요한 것은 때를 아는 것이다. '안아야 할 때'와 '놓아줘야 할 때'를 구분하라. 사랑하는 사람의 소중함을 알고 싶다면 잠시 떨어져보면 된다. 너무 가깝지도, 너무 멀지도 않게 두 사람 사이를 조절하는 것이 좋은 한마디를 할 수 있는 비결이다.

"그것을 사랑한다면 그것에 빠지지 마라."

말은 내가 쓴
언어의 이력서다

그의 패배를 예상한 사람은 소수에 불과했다. 그래서 더욱 그를 응원하던 사람들은 큰 충격에 빠졌다. 그야말로 엄청난 사건이 일어났다. 전 세계 랭킹 1위 노박 조코비치가 2018년 1월 호주 오픈 테니스 16강전에서 한국 선수 정현에게 패한 것이다. 세상이 깜짝 놀랐고, 수많은 기자들이 인터뷰를 시도했다. 그들이 사용하는 언어는 모두 달랐지만, 흥미롭게도 질문 내용은 같았다.

"아픈 몸으로 경기에 나간 이유가 무엇인가요?"

"오른쪽 팔꿈치 통증이 경기에 영향을 끼친 건가요?"

이에 조코비치는 이렇게 답했다.

"내 부상에 대한 이야기는 그만해주세요. 그건 정현의 승리를 깎아내리는 행위일 뿐입니다."

순간, 인터뷰장의 공기가 바뀌었다.

'아, 그래. 바로 이거지! 이게 바로 멋진 패자의 모습이지.'

패배를 인정하는 동시에 상대를 존중하는 마음을 담은 한마디는 그냥 나온 게 아니었다. 상대 선수를 존중하는 그의 마음은 다시 아름다운 언어가 되어 인터뷰장에 울려 퍼졌다.

"나도 프로선수다. 어느 정도의 통증은 참아낼 수 있고, 실제로 나는 참는 것에 익숙하다. 그가 정신적으로 더 강인하고 침착했다. 생각해보면 경기 내내 그는 늘 내 앞에 서 있었고, 나는 그의 등만 바라보며 쫓아갔다."

승리는 스스로 이겨서 움켜쥐는 것이지만, 존경은 나를 바라보는 세상의 시선이 합해져 만들어진다. 그래서 승리보다 더 어려운 것이 바로 존경의 시선으로 바라보는 사람들의 눈빛을 얻는 일이다. 금빛 메달을 얻는 것보다 사람들의 빛나는 눈빛을 얻는 게 더 힘들고 어려운 일이다. '스스로 자신의 감정을 제어'하고, '상대를 존중하는 관점'에서 생각하고 말해야 하기 때문이다. 그런 의미에서 조코비치는 누구라도 존경할 수밖에 없는, 승자보다 멋진 패자였다.

사실 그에게도 할 말은 많았다. 세상에 할 말이 없는 사람이 대체 어디 있겠는가? 객관적으로 봐도 그의 경기력은 평소처럼 강력하지 않았다. 통증 때문에 반년의 공백기 동안 서브 자세를 바꿨지만 실수가 잦았고, 스피드도 평균 수치보다 느렸다. 많은 언론에서 그의 팔 통증이 여전하다고 보도했다. 하지만 그는 몸에 대한 이야기는 전혀 언급하지 않았다. 할 말은 있었지만, 가슴속에 묻었다. 그리고 멋진 경기력을 보여준 상대를 존중하며 칭찬했다.

"존경한다. 정현은 마치 벽 같았다."

"세계 랭킹 10위 이내에 진입할 충분한 잠재력이 있다."

이 소식이 알려지자 많은 사람들이 그를 존경스러운 선수라고 극찬했다. 그는 정말 존경할 만한 가치가 충분한 선수다. 그런데 놀랍게도 한국의 젊은 영웅으로 떠오른 정현이 어릴 때부터 존경하던 사람이 바로 그가 이긴 조코비치였다. 조코비치는 그의 우상이었고, 어릴 때부터 조코비치의 경기 운영 방식과 폼을 따라 하기 위해 노력했다. 자신의 우상이 승부에서 졌음에도 불구하고 후배인 자신을 위해 아름다운 말을 남기는 모습을 보며 그는 얼마나 깊은 감동을 느꼈을까? 조코비치는 자신을 사랑하는 후배에게 멋지게 지는 법을 알려줬다. 실력도 물론 중요하다. 하지만 실력을 더욱 빛나게 하는 것은 상대를 존중하는 마음이다.

우리는 누군가에게 밀리거나 패배했을 때 이런 표현을 자주 한다.

"내가 10년만 젊었어도 쉽게 이겼을 텐데!"

"오늘 컨디션이 안 좋아서 그래. 평소라면 어림도 없지!"

이런 말은, 아니 이런 변명은 듣는 상대의 기분을 상하게 할 뿐이다. 아무리 변명을 해도 밀리고 졌다는 사실에는 변함이 없다. 게다가 현실을 도피하는 듯한 변명을 늘어놓으면서 괜히 상대의 분노까지 사게 된다. 같은 상황이라도 다르게 표현하면 분노가 아닌 존경을 받을 수 있다.

"오늘 너, 정말 멋졌어!"

"나도 너처럼 더 노력해야겠다."

"역시 세상은 빛나는 사람을 알아보는구나."

당신이 아무리 악을 써도 상황은 변하지 않는다. 그 상황을 아름답게 만들어나가는 것은 경기의 결과가 아니라 경기가 끝난 이후의 짧은 언어다. 경기는 길지만, 경기의 아름다움을 표현하는 언어는 짧다. 하지만 그 짧은 언어가 경기 자체를 더 빛나게 한다.

그대의 평판이 궁금한가? 분노하려는 감정을 버리면 존경이 따라오고, 분노하려는 감정에 사로잡히면 비난이 따라온다. 무엇을 잡을 것인가? 지금 움켜쥔 손을 펼치면 사람들이 생각하는 그대의 평판이 보일 것이다.

"평판은 그대가 지금까지 한 말을 근거로 세상이 대신 써주는, 그대가 쓴 '언어의 이력서'다."

"분노하려는 감정을 버리면 존경이 따라오고,
분노하려는 감정에 사로잡히면 비난이 따라온다."

수만 개의 다리를 건너야
그 사람의 언어를 알 수 있다

개그맨 양세형을 보면 '적당히'라는 표현이 떠오른다. 그를 자세히 관찰해보면 적당한 순간에 치고, 적당한 순간에 부드럽게 빠져나온다. 요리나 글 등 세상의 거의 모든 것은 찰나의 예술이다. 순간적으로 다음에 취할 행동을 '적당히' 잘 선택해야 한다. 때는 한 번 놓치면 다시 찾아오지 않는다.

양세형은 최근 대세다. 그가 입을 열면 웃음이 터진다. 다시 말해서 그는 '입을 열지 말아야 할 때를 아는 사람'이다. 그가 움직이면 웃음이 터진다. 다시 말해서 그는 '몸을 움직이지 말아야 할 때를 아는 사람'이다.

그의 연기와 말투 등에 우리가 거부감을 느끼지 않는 이유는 모든 것이 물 흐르듯 자연스럽기 때문이다. 타고난 걸까? 물론 그렇지 않다. 대학 시절까지 그는 선배들에게 까불다가 혼나고 맞기도 했다고 한다. 이유는 하나다. 입을 닫아야 할 때 열고, 과장하지 말아야 할 때 과장했기 때문이다.

그는 까분다. 그런 말투의 주인공은 사실 비호감으로 전락하기 쉽다. 생각 없이 말하고 행동하는 것처럼 보이지만, 그는 매우 섬세하게 주변 사람을 관찰하고 상황에 딱 맞는 말을 수없이 생각한 후 내뱉는다. 까불다가 많이 혼나고 맞은 경험은 그에게 '말의 때'를 적절하게 조절하는 능력을 선물했다.

'말의 때'를 알기 위해서는, '대화는 한 방이 아니다'라는 사실을 기억해야 한다. 또한 누군가를 설득할 수 있다는 오만도 버려야 한다. 이기려고 하지 말고, 제압하려고도 하지 말고, 반복해서 뜨겁게 안아야 한다. 그가 선배에게 혼나고 맞은 이유도 거기에 있다. 안아야 할 때 안지 못하면 돌아오는 것은 분노와 비난뿐이다. 그는 안아야 할 때를 포착하는 연습을 한 것이다.

양세형의 삶에서 우리는 "상대의 언어를 배우고 사용해야 한다"는 조언을 발견할 수 있다. 각종 SNS에서 친구를 맺고 '좋아요'만 누르며 소통을 하다가 문득 글을 남기고 싶은 마음에 짧게 마음을 전했는데 상대의 무반응이나 경계 섞인 마음이 느껴지는 댓글이 달리는 경우가 있다. 그때 우리는 대개 '이 사람, 왜 이렇게 싸늘하지?'라고 생각하며 그 사람 탓을 하게 된다. 우리는 모두 자신이라는 나라에 살면서 자신만 아는 언어를 사용하는 사람이라는 사실을 기억해야 한다. 그 사람 입장에서는 아직 당신을 받아들일 준비가 끝나지 않은 것이다. 조금 더 시간이 필요할 수도, 시간이 해결하지 못할 수도 있다. 상처받을 필요도, 아파할 이유도 없다. 서로 언어가 다를 뿐이기 때문이다.

"대화의 문을 열고 싶다면 상대방의 언어가 무엇인지 파악하는 것부터 시작해야 한다."

쉽게 생각하지 말자

절대로 상대를 쉽게 생각하지 말자. 쉽게 열리는 마음은 없다. 시간을 좀 여유 있게 두고 되도록 많이 관찰하는 게 좋다. 그 사람에 대한 일기를 쓴다고 생각하고, 그 사람의 기분을 날씨로 표현하고, 그 사람이 주로 쓰는 말, 자주 하는 행동 하나하나를 다 주의 깊게 살펴보며 기록으로 남기자. 섣불리 다가가면 반드시 서로가 서로에게 상처를 주게 된다.

쉽게 요구하지 말자

인간관계 전문가도 다른 사람에게 상처를 받고 아파한다. 그 이유는 이기심에서 시작한다. '이 정도면 되겠지'라는 마음으로 접근해서 '이 정도는 주겠지?'라는 기대를 하기 때문이다. 잘 모르면서 아는 것보다 더 많은 것을 기대한 사람은 결국 실망과 분노로 관계를 끝내게 된다. 더 많이 생각하고 덜 요구하자. 그것이 마음을 여는 최선의 방법 중 하나다.

쉽게 질문하지 말자

친하게 지내고 싶은 사람이 있다면 그 마음이 절실한 만큼 더 생각해서 질문해야 한다. "밥은 먹었니?"라는 질문을 하고 나서 상대의 답변이 너무 짧고 성의가 없다는 불평을 하면 안 된다. 질문 자체가 "먹었어" 혹은 "안 먹었어", 둘 중 하나만 답할 수 있는 성의 없는 질문이기 때문이다. 답변에서 성의가 느껴지지 않으면 질문한 자신에게서 이유를 찾아야 한다.

답하는 사람이 조금 더 넓게 자신의 의견을 선택해서 표현할 수 있게 열린 질문으로 다가가야 한다. "오늘 점심에는 뭐 먹었어?" 혹은 "왜 아직 밥을 먹지 못한 거야?"처럼 상대가 조금 더 자세하게 자신의 상황을 이야기할 수 있도록 질문하는 것이 좋다. 열린 질문이 힘든 이유는 그 자체를 떠올리기 힘들기 때문이 아니라 열린 질문 자체를 생각해내는 데 시간이 필요하기 때문이다. 즉, 그 사람을 조금 더 생각하는 시간이 필요하다.

"이 드라마의 주인공은 누구인가?"

"이 무대의 주인공은 누구인가?"

많은 사람들이 자주 하는 질문이다. 대개 주인공은 정해져 있다. 자주 얼굴을 비치는 사람이나 비중 있는 배역을 맡은 사람을 우리는 주인공이라고 부른다. 하지만 인생은 드라마가 아니다.

가령 분식집에서 "떡볶이의 주인공이 무엇이라고 생각하세요?" 라고 물었다고 해보자. 이때 모두가 반드시 떡을 떠올리지는 않는다. 누군가는 어묵이나 삶은 달걀을, 또 누군가는 바삭한 튀김이나 순대의 부드러운 감촉을 연상하기도 한다. 중요한 것 중 하나는, 어묵을 좋아하는 사람은 떡볶이를 '떡볶이'라고 부르지 않고 '어묵 고추장 볶음'이라고 부를 수도 있다는 사실이다. 세상이 정한 모든 것은 그저 부르기 편하게 정한 규칙일 뿐이다.

마찬가지로 세상을 바라보는 우리의 시선도 놀라울 정도로 제각기 다르다. 아니, 서로가 틀리다고 말할 수 있을 정도로 완벽히 다른 곳을 바라보고 있다. "대화는 상대방의 언어로 해야 한다"는 조언이 실전에서 제대로 통하지 않는 이유가 여기에 있다. 상대방의 언어를 알기 위해서는 수천수만 개의 다리를 건너야 한다. 그럼에도 포기하지 않는 자는 반드시 그 다리를 건너갈 것이다.

"기억하라.
밀치려고 하면 밀려날 것이고,
안으려고 하면 하나로 흐를 것이다.
분명히 기억하자.
모든 대화는 안아야 할 때를 포착하기 위한 시도다."

왜 나만
상처받는가?

'사람들은 왜 자꾸 내게만 상처를 주는 걸까?'

'사람이 너무 무섭다. 나만 매일 상처받는 것 같아.'

타인의 말에 상처를 입었다고 말하는 사람들이 늘어나고 있다. 그런 이야기를 들을 때마다 나는 이런 생각이 든다.

'잘못한 사람은 없다는데, 왜 상처받은 사람들은 있는가?'

길에 쓰레기를 버렸다는 사람은 없지만, 길은 언제나 쓰레기로 가득하다. 이유가 뭘까? 이 사례가 타인의 말에 상처 입었다고 말하는 사람들이 늘어나고 있다는 말과 어떤 유사점이 있다고 생각하는가? 분명 공통점이 있다.

우리가 자꾸 상대의 말에 상처받는 이유는 뭘까? 유독 몇 사람에게 상처가 집중되는 이유는 뭘까? 다 그런 것은 아니겠지만, 내가 관찰한 결과는 이렇다.

'상처받는 사람에게는 나름의 이유가 있다. 상처받을 만한 말이나 행동을 ~~먼저~~ 했기 때문이다.'

결국 그들이 받은 모든 상처의 말은 자신의 그릇된 말과 행동에 대한 리액션이다. 하지만 그들은 자신의 말과 행동이 상대의 마음을 아프게 했다는 사실을 잘 모른다. 그걸 모르니까 혼자만 상처받고 있다고 생각하며 아파하는 것이다.

세상에 혼자만 억울한 일을 반복해서 당하는 경우는 거의 없다. 인생은 그런 의미에서 공평하다. 모든 상황은 내가 만든 것일 가능성이 높고, 내가 오늘 사람들에게 들은 모든 말은 과거 어느 순간 내가 세상에 내보낸 것이 그대로 돌아온 것이다. 그래서 세상의 현자들은 이렇게 말한다.

"먼저 너 자신을 파악하라."

내가 받은 상처만 들여다보면 계속 같은 상처를 받게 될 뿐이다. 자꾸만 질문해야 한다.

'왜 나만 상처받았는가? 내게 이 상처가 생긴 이유는 무엇인가? 나의 어떤 말과 행동이 나를 아프게 했는가?'

모든 상처에는 이유가 있다. 어제 내가 한 말을 돌아보고, 오늘 내가 할 말을 제어하라. 치열하게 그대 자신을 보라.

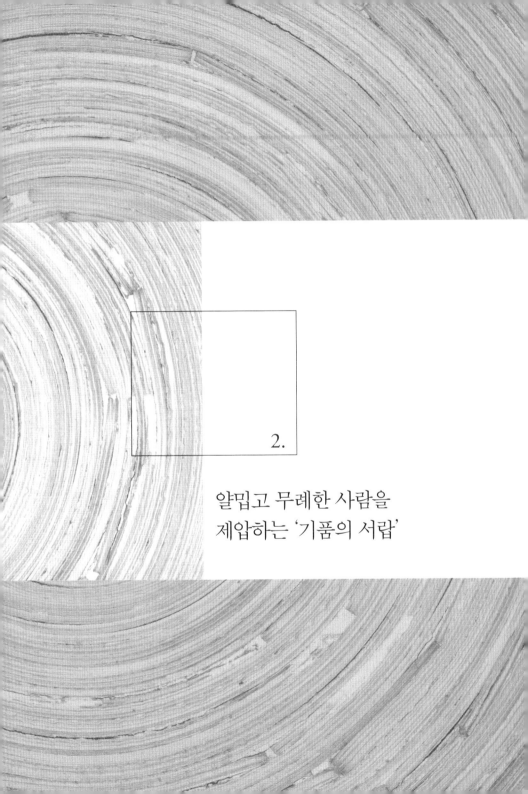

2.

얄밉고 무례한 사람을
제압하는 '기품의 서랍'

말의 격차가
삶의 격차를 결정한다

같은 자세로, 같은 마음을 표현해도 사람에 따라 전해지는 느낌은 전혀 다르다.

- 아무 이유 없이 얄밉게 느껴지는 사람
- 위에서 내려다보는 것처럼 거만함이 느껴지는 사람
- 부하에게 명령하는 것처럼 느껴지는 사람
- 자꾸만 뭔가 가르치려는 마음이 느껴지는 사람

왜 우리는 같은 마음도 다르게 표현하는 걸까? 이는 매우 중요한 부분이다. 말은 생각에서 나온다. 격이 다른 생각을 해야 말의 격이 달라지고, 삶의 격도 자연스럽게 올라간다.

우리는 일상에서 매일 반복하는 글쓰기로 어제와 다른 삶을 만날 수 있다. 글쓰기를 시작하기에 앞서 가장 큰 문제는 자신의 수준을 제대로 모르는 사람이 많다는 데 있다. 내가 세상에 보여주는 말의 수준이 어느 정도인지 제대로 파악해야 한다.

상대는 당신이 쓴 글에 엄청나게 큰 상처를 받았는데, 스스로 '이 정도면 상대도 내 글에서 공손함을 느꼈겠지?'라고 생각한다면 문제다. 상대가 내 의도와 전혀 다른 감정을 느끼는 이유는 내가 전하고 싶은 감정을 제대로 쓰지 못했기 때문이다.

다음의 세 가지 방법을 잘 활용한다면 자신의 감정을 상대에게 정확하게 전달하며, 동시에 다른 생각과 말로 삶의 격을 높일 수 있게 될 것이다.

한 번에 하나의 메시지만 주면 된다

세상에는 좋은 음식이 참 많다. 그런데 위에 좋은 음식, 간에 좋은 음식, 눈에 좋은 음식 등을 매끼 챙겨 먹을 수는 없다. 몸에 좋다는 음식만 먹으며 살 수도 없다. 늘 절제와 균형이 중요하다. 글도 마찬가지다. 좋은 단어와 표현은 수도 없이 많다. 하지만 언제나 한 번에 하나만 선택하는 게 좋다. 강연도 그렇다. 두 시간 동안 아무리 많은 말을 해도 청중이 기억하는 것은 한 줄의 말이다. 하나를 전하겠다는 생각으로 쓰고 말해야 한다. 모든 것을 전하려는 욕심은 한 줄도 제대로 쓸 줄 모르는 사람이라는 평가로 돌아오기 쉽다. '기품', '배려', '희망' 등 듣기만 해도 삶의 격이 올라가는 것처럼 느껴지는 좋은 단어를 주제로 매일 짧은 글을 써보자. 인생은 글을 쓰는 만큼 달라진다.

문법은 잊고 영감을 살리는 데 집중하자

작가는 글을 잘 쓰는 사람이 아니라 지금 글을 쓰는 사람이다. 또한 그들은 영감을 글로 적을 때 맞춤법에는 전혀 신경을 쓰지 않는다. '맞춤법은 틀릴 수 있다'는 사실을 기억하자. 중요한 것은 물 흘러가듯 자연스럽게 읽혀야 한다는 것이다.

어떤 글을 쓰든 자기가 쓴 글을 최소한 세 번 이상 읽어봐야 한다. 바로 앞에 상대가 있다고 생각하고 차분하게 읽어보자. 읽을 때 막히거나 거슬리는 부분이 있으면 매끄럽게 읽힐 때까지 차분하게 수정해야 한다. 이런 습관은 실제로 사람들 앞에서 말할 때 그 효과를 발휘한다. 입에서 발음하기 전에 머리로 여러 번 생각하며 가장 적합한 단어와 표현을 생각하는 습관은 글쓰기와 대화를 하는 데 있어 매우 강력한 힘이 되어준다. 세상에서 가장 어리석고 격이 없는 사람은 나오는 대로 말하는 사람이다.

할 말을 다 하고 살지 말자

"나는 할 말은 하고 사는 사람이야!"라는 말은 상대에게 "나는 분노를 잘 참지 못하고 자기 제어력이 떨어지는 사람이야"라고 고백하는 것과 같다. 그들은 그냥 지나칠 수 있는 문제도 '저 사람, 혹시 나를 비난하는 건가?'라는 의심을 하며 참지 못하고 대화를 시도하거나 글을 써서 진위 여부를 반드시 묻기도 한다. 그것이 과연 할 말은 다 하고 사는 사람의 진정한 풍모일까?

할 말을 다 하고 산다는 말을 제대로 실천하려면 먼저 하지 않아야 할 말을 하지 않고 산 세월이 필요하다. 할 말을 하는 건 입만 있으면 누구나 할 수 있는 행동이지만, 하지 않아도 될 말과 하지 말아야 할 말을 하지 않는 건 상황을 분석하는 안목과 참고 지나치는 제어력이 없으면 안 되기 때문이다.

여기에서 내가 말하고 싶은 건, 할 말을 다 하고 살지 말고 대신 '할 말을 글로 쓰고 살자는 것'이다. 할 말을 다 하고 사는 사람은 언제나 주변 사람들의 손가락질을 받게 된다. 또 수준이나 품격이 전혀 느껴지지 않는 일상을 보낸다. 하지만 하고 싶은 말을 글로 쓰면서 사는 사람은 다르다. 분노와 고통이 가득한 마음을 글로 쓰면서 스스로 마음을 제어하는 능력을 기르고, 모든 감정을 콘텐츠로 남겨 멋진 자산을 쌓게 된다. 하고 싶은 말이 있을 때마다 참고 글로 쓰는 습관을 들여보자. 일상의 변화를 경험하게 될 것이다.

엄청난 꿈을 품고 있고 실제로 노력도 하고 있지만, 원하는 것을 이루지 못해 방황하는 사람들이 많다. 이들에게 다가가 대화를 나눠보면 한 가지 공통점이 있다. 말에서 품격이 느껴지지 않는다는 것이다. 욕이나 듣기에 불편한 표현을 자주 사용하고, 결정적으로 자신의 꿈과는 전혀 느낌이 다른 표현을 자주 사용한다. 이는 정말 중요한 문제다. 모든 것을 다 갖춰도 말에서 품격이 느껴지지 않는 사람은 다른 사람들보다 한참 뒤에서 시작하는 것과 마찬가지기 때문이다.

위에서 제시한 세 가지 방법으로 일상에서 좋은 글을 쓰는 습관을 들이자. 어제와 다른 말의 결을 느끼게 될 것이다.

"생각의 격차가 말의 격차로 이어지고,
말의 격차는 삶의 격차를 결정한다."

'생각의 품격'을 높이는
5가지 원칙

대문호 괴테Johann Wolfgang von Goethe에게는 실러 Johann Christoph Friedrich von Schiller라는 좋은 친구가 있었다. 나이 차이는 조금 났지만, 문학적인 영감을 주고받으며 서로에게 좋은 영향을 끼쳤다. 하지만 모두가 그들을 좋아한 것은 아니었다. 하루는 둘의 관계를 시샘한 한 평론가가 괴테에게 이런 질문을 던졌다.

"당신과 실러, 둘 중 누가 더 위대하다고 생각합니까?"

그의 의도를 간파한 괴테는 이렇게 응수했다.

"둘 중 한 명을 고르는 게 뭐가 중요하겠습니까? 가리기 힘들 정도로 위대한 영혼이 두 명이나 있다는 것이 좋은 일 아닙니까?"

괴테의 기품이 느껴지는 부분이다. 말에서 기품이 느껴지게 하려면 말이 될 생각의 품격을 먼저 높여야 한다. 괴테의 삶 속에서 나는 '생각의 품격'을 높이기 위한 다섯 가지 조언을 발견했다.

인사이트는 어디에서 오는가?

많은 사람들이 인사이트insight, 즉 통찰력을 얻으려 한다. 이들은 간절한 눈으로 원하는 분야의 대가를 찾아가 고가의 비용과 많은 시간을 투자한다. 하지만 그 모든 귀한 시도가 귀한 결과로 이어지지는 않는다. 그 이유는, 인사이트는 내가 내게 주는 선물이기 때문이다. 외부에서의 주입이 아니라 스스로 발견하고 채워야 한다. 어떤 좋은 책과 강연을 접해도 내가 스스로 준비하지 않으면 무엇도 얻지 못한다. 생각을 바꿔야 한다. '여기에 무언가 배울 게 있다'는 생각이 내가 머무는 순간을 충만하게 한다. 더러운 쓰레기처리장에서 멋진 테마파크를 상상하고, 지나가는 바람을 느끼며 근사한 에어컨을 허공에 그릴 수 있어야 한다. 멈추지 말고 지금 여기에 무언가 있다고 생각하고, 또 생각하라. 지금 여기에서 찾지 못하면 다른 곳에서도 찾을 수 없다.

생각한 것을 말할 때를 알아야 한다

어떤 새로운 일을 시도할 때 사람들은 각자 자기 의사를 표현한다. 그런데 "우리 이거 시작해보자!"라는 우렁찬 목소리 뒤에 바로

"나는 조금 힘들 것 같아, 대신 너희들을 응원할게"라는 말이 나오면 그 자리에 있는 모든 이의 긍정과 열정이 순간적으로 사라진다.

"나는 못 가지만, 다른 사람은 꼭 가세요."

"정말 좋은 기회이지만, 저는 다음 기회에."

이런 말은 겉으로 보기에는 상대를 매우 배려하는 말처럼 들리지만, 말에도 순서가 있다. 의욕적으로 시작한 일에 가장 처음 나온 의견이 불참이라면 이야기는 전혀 달라진다. 늘 다른 사람의 입장에서 생각하라. 부정의 말은 가장 나중에 해도 늦지 않다. 분위기를 망치는 사람이 되지 말자.

돌아서서 후회하지 않는 사람들의 말하기 비결

'아, 내가 너무 성급했어.'

많은 사람들이 대화 후 돌아서서 내뱉는 말이다. 이유가 뭘까? 말하는 시간보다 생각하는 시간이 길어야 한다. 설득하려는 마음이 생각을 요구하지 않고, 생각이 말을 요구해야 한다. 우리는 머릿속에 흘러넘치는 것만 말할 수 있다. 글도 마찬가지다. 총 12개월을 집필 기간으로 정하면 11개월은 생각에 빠져 지내고, 나머지 1개월 동안 지난 11개월간 생각한 내용을 적어야 한다. 11개월의 생각이 빠진 책은 독자의 사랑을 받기 힘들다. 세상에 생각하며 보낸 세월보다 더 귀한 것은 없다.

한 줄의 말이 나오려면 최소한 네 시간 동안 생각하는 시간이 필요하다. 자신이 생각한 시간을 믿어야 내뱉는 말에 믿음이 담기고, 상대도 신뢰할 수 있다.

날아간 총알의 법칙

전쟁 중 아주 깜깜한 밤, 두려움을 이기지 못한 병사 한 명이 상관의 지시를 어기고 무작정 총을 한 발 쏜다면 어떤 일이 일어날까? 일단 적군에게 위치를 들키고, 동시에 수십 발의 총알이 집중적으로 날아올 것이다. 총알을 대화로 끌어오면 비난하려는 마음에 비유할 수 있다. 시대를 대표하는 성인은 언제나 우리에게 "비난하려는 마음을 발사하지 말라"고 조언한다. 날아간 총알 하나는 나의 두려움을 세상에 보여주는 일이며, 수많은 사람들의 비난을 동시에 받게 되는 진짜 고통의 시작이기 때문이다. 비난을 스쳐 보내면 아무 상처도 받지 않지만, 그걸 다시 돌려주려는 마음은 내 마음과 삶을 만신창이로 만든다.

무조건 동조하는 사람에게서 벗어나라

"맞아, 맞아. 네가 잘한 거야."

"그래, 우리는 잘못 없어."

무슨 말이든 무조건 동조해주는 무리가 있다는 것은 마음을 참 든든하게 만든다. 하지만 그런 식으로 시기는 마음의 평화는 생각의 수준을 낮추는 데 결정적인 영향을 끼친다.

다른 생각으로, 다른 행동을 하는 사람을 많이 접해야 한다. 여기에서 중요한 사실은, 단순히 다른 말만 하는 사람은 경계해야 한다는 것이다. 말은 공허하다. "네 말뜻은 잘 알겠어, 하지만 나는 이렇게 생각해!"라는 식으로 시작해서 자기 의견을 말하는 것은 언뜻 보면 매우 공정한 것 같지만, 대개 주입식이거나 위에서 아래로 누르는 방식의 억압적인 말일 가능성이 높다.

지식을 자랑하거나 의견을 강요하는 사람에게서 벗어나, 그것을 실제로 생각하고 실천하는 사람과 가깝게 지내라. 다른 생각으로, 다른 것을 실천하는 사람으로 주변을 가득 채우면 생각하는 수준 자체가 달라질 것이다.

비난과 욕설은 인간이 가질 수 있는 최고의 가치를 잃게 만든다. 그것은 바로 '기품'이다. 아무리 화를 낼 만한 상황이라고 해도 비난과 욕설을 퍼붓는 사람을 바라보며 "기품이 넘쳐흐른다"라고 말하지는 않는다. 기품을 지키고 싶다면 반드시 조심해야 할 표현이 하나 있다. 바로 '내가 웬만하면……'으로 시작하는 표현은 하지 않는 게 좋다. '내가 웬만하면 가만 있으려고 했는데'라고 시작하는 글에는 자연스럽게 상대를 향한 비난과 욕설이 따르게 된다. 그것은 그간 자신이 보여줬던 품위와 예의 바른 모습은 결국 아름다운 글로 포장한 것에 불과하다는 사실을 세상에 공개하는 일이나 마찬가지다.

다른 누군가를 비난하고 욕설을 퍼붓는다고 상황이 달라지는 것은 아니다. 물론 내게 잘 보이고 싶은 사람이나 가까운 지인들은 나의 편을 들어줄 것이다. 하지만 그것 역시 일시적인 감정의 만족일 뿐 달라지는 것은 하나도 없다. 오히려 주변 사람들에게 신망을 잃을 가능성이 높다. 겉으로는 나를 응원하는 것처럼 보이지만, 속으로는 '기품이 있는 사람은 아니었구나'라고 생각하며 수준 낮은 사람으로 평가할 것이기 때문이다. 분노를 표출해서 좋을 것은 하나도 없다. 조금만 참고 내면에 집중하자. 하루만 지나도 모두 사라질 감정이다. 끝으로 괴테의 말을 기억하자.

"인간에게는 기품이 있어야 한다. 이것만이 우리가 알고 있는 다른 모든 것과 인간을 구별한다."

"나의 기품이 나의 현재 수준을 말해준다."

우아하게 조언을
구하는 법

"강의하는 스타일이 지난주 방송에 나왔던 스타 강사와 비슷하세요."

이런 말을 들으면 기분이 어떨까? 기분이 좋은 사람도 있을 수 있지만, 반대로 매우 기분 나쁘게 생각하는 사람도 있을 것이다. 그가 아무리 유명한 강사라고 해도 본인이 싫어하는 사람일 수 있기 때문이다. 게다가 비교는 언제나 우리의 마음을 심란하게 한다. 만약 상대가 여성이고, 외모를 지적했다면 문제는 더욱 심각해진다. 스타일은 남성에게도 그렇지만, 여성에게는 특히 더 민감한 부분이다. 아무리 예쁜 연예인이라고 해도 쉽게 상대에게 닮았다고 말하는 것은 좋지 않다. 그 연예인이 인기가 무척 많다고 해도 그녀는 싫어할 수 있기 때문이다.

가수에게 발성, 작가에게 문체, 강연가에게 강연 스타일, 기획자에게 기획 방식은 매우 섬세한 감각과 오랜 기간 쌓아온 경험이 필요한 부분이므로 누군가와 닮았다고 하는 것은 피해야 하고, 정말 잘 아는 사람이 아니라면 아예 언급하지 않는 것이 좋다. 내가 이런 이야기를 꺼내는 이유는, 전문직에 종사하는 사람들이 선배나 대가에게 조언을 구하기 위해 다가설 때 상대에게 좋은 말을 하려는 의도로 더 멋지다고 생각하는 누군가와 비교하며 치켜세울 때가 많기 때문이다. 다시 말하지만 이 부분은 매우 조심스럽게 접근해야 한다.

전문가는 어느 정도 수준에 도달하면 누군가와 비교당하는 것 자체를 매우 싫어하므로 섬세한 접근이 필요하다. 조언에 답하는 것도 쉬운 일은 아니지만, 조언을 구하기는 더 어렵다. 서툰 조언 요청은 상대의 기분을 상하게 할 수 있다는 사실을 반드시 인지해야 한다.

어느 날 교육 기업에서 한 후배 강사가 이런 조언을 요청한 적이 있다.

"작가님이 인문학 강의를 하신다고 하니, 한 가지 조언을 구할게 있어요."

이는 매우 안 좋은 표현이다. 이런 식으로 조언을 요청하는 사람의 마음속 밑바탕에는 상대를 인정할 수 없다는 마음과 '네가 어디 제대로 답하나 한번 보자'는 마음이 혼재되어 있다. 당연히 그 말을 듣는 상대도 그 불순한 마음을 느낄 수밖에 없다. 서로의 관계가 망가지는 순간이다. 상대가 자신의 소신대로 답을 하면 그는 또 이렇게 말한다.

"아, 그건 그렇게 넘어가고, 이번에는 다른 문제인데요……."

'그렇게 넘어가고'라는 표현은 정말 최악이다. 상대가 상황을 어렵게 모면했다는 생각에서 나온 표현이기 때문이다. 상대는 그의 "이번에는 다른 문제인데요"라는 조언 요청이 "이번에는 피해갈 수 없을 거다"라는 협박이나 조롱으로 느껴질 수밖에 없다. 문제는 여기에서 끝나지 않는다. 조언을 구하는 사람도 감정을 느끼는 사람이라면 자신이 방금 실수했다는 것을 인지한다. 그것이 더 문제다. 실수를 만회하려는 마음에 서둘러 내뱉은 서툰 칭찬이 오히려 상대의 기분을 더 최악으로 만들어버리기 때문이다.

늘 약속시간에 늦는 사람은 같은 사람에게 자주 밥을 사게 된다. 미안한 마음에 자꾸 밥을 사기 때문이다. 이와 마찬가지다. 자꾸만 말실수를 하는 사람은 없는 칭찬을 만들어서 해야 하는 상황에 놓이기 때문에 더 실없는 사람으로 낙인찍힐 가능성이 높다. 우아하게 조언을 구하고 싶다면 이렇게 접근해보자.

"요즘 고민이 있는데요, 선생님께 조언을 구하고 싶습니다."

일단 '인문학'이나 '강의'라는 키워드를 빼고 담백하게 시작하는 것이 좋다. 또 상대의 나이가 어리든 많든, '선생님'이라는 호칭은 반드시 붙여주는 것이 좋다. 그것이 조언을 구하는 사람이 취해야 할 최소한의 예의다. 그렇게 조언을 구하면 일단 분위기가 자유로워지고, 자유로운 분위기는 서로의 관계를 조금 더 돈독하게 만들어준다. '인문학'이나 '강의'라는 키워드를 사용할 때는 바로 그다음이다. 스스로 적절한 조언을 들었다고 생각되면 바로 이런 식으로 고마움을 표현하라.

"역시 선생님의 인문학적 지식과 오랜 강의로 쌓은 연륜은 언제나 적절한 해답을 주십니다."

처음부터 상대를 대표하는 키워드로 조언을 구하면 상대는 거부감을 느끼기 쉽다. 자신을 증명해야 한다고 생각하기 때문이다. 설령 그럴 의도가 전혀 없었다고 할지라도 상대가 그렇게 느끼면 어쩔 수 없다. 말은 듣는 자의 몫이기 때문이다. 증명은 스스로 하는 것보다는 그것을 듣고 느낀 상대가 할 때 훨씬 더 자연스럽고 근사하다.

어느 정도의 위치에 오른 사람들은 조언 요청을 자주 받는다. 그리고 비슷한 조언 요청에 지쳐 있는 게 사실이다. 전혀 다른 내용에 대한 조언을 요청해서 그의 호기심을 끌어낼 수도 있지만, 사실 그건 매우 어려운 일이고 일시적인 감정에 그칠 뿐이다.

'다른 표현'이 아닌 '다른 태도'를 보여야 한다.

"다른 표현이 아닌
다른 태도를 보여야 한다."

같은 상황에서 같은 질문을 해도 그 태도에 따라 상대는 요청을 전혀 다르게 받아들인다. 먼저 '상대는 나의 선생님'이라는 생각으로 다가가라. 그리고 처음에는 상대를 대표하는 키워드를 사용하지 말고 조언을 요청하라. 마지막으로 그의 답변이 끝나면 적절한 답을 들었다는 가정 아래 그를 대표하는 키워드를 넣어서 그의 전문성을 증명하며 고마움을 표현하라.

배우겠다는 마음으로 다가와서 자신의 전문성을 인정하고 감탄하는 사람의 태도에 고마움을 느끼지 않을 사람은 없다. 이는 상대에게 잘 보이기 위함이 아닌 상대가 그간 노력해서 능력을 쌓아올린 세월에 대한 감사함의 표시다. 명성이나 명예가 아닌 그가 쌓은 시간에 감탄하라. 그는 자신의 마음을 주는 것으로 고마움을 표현할 것이다.

당신은 '무례한 사람'인가,
'솔직한 사람'인가?

각종 SNS에서 객관적으로 봐도 아름답고 젊은 여성은 그저 본인의 사진만 올려도 사람들이 자연스럽게 모인다. 비단 한국만 그런 것이 아니라 세계 어디든 마찬가지다. 그런데 엄청난 매력을 갖고 있음에도 불구하고 이상하게 방문자 수가 적고, 댓글이나 반응도 거의 없는 계정이 있다. 그 이유가 뭘까? 늘 좋은 호텔 라운지에서 식사를 즐기고, 원하는 시간에 가고 싶은 장소로 떠나 휴가를 즐기는 그녀, 부와 외모를 모두 겸비한 그녀에게 많은 사람들이 관심을 갖지 않는 이유가 뭘까?

하루는 내가 가려는 호텔 라운지를 검색하다가 우연히 어느 블로그에서 흥미로운 글을 읽었다. 그런데 블로그 주인이 남긴 글을 읽다가 룸에서 바라본 뷰를 찍은 사진과 그 풍경을 표현한 부분에서 딱 멈춰졌다. 그녀는 이런 글을 남겼다.

"아, 이게 뭐야? 판자촌만 보이네. ㅠㅠㅠ 판자촌 뷰인가?"

그 글을 본 후 그녀가 그간 남긴 글과 사진을 살펴봤다. 그러자 충분히 사람들의 이목을 끌 정도의 조건을 갖추었음에도 그녀가 사람들의 호응을 거의 받지 못하는 이유를 알 수 있었다. 그녀가 룸에서 바라본 풍경은 1970년대 정도에 지어진, 풍요롭게 살지 못하는 사람들이 모여 사는 작은 집들이 모인 곳이었다. 그 모습을 보고 그녀는 낙심하며 '판자촌'이라고 이름 지은 것이었다.

간혹 '무례한 말'과 '솔직한 말'을 같다고 생각하는 사람이 있다. 우리가 무례하게 말하거나 쓴 글에 누군가는 마음 아파하기도 한다. 그 아픔에는 두 가지가 있다. 하나는 그것을 표현하는 자의 부주의로 시작된 아픔이고, 다른 하나는 그것을 보고 느끼는 사람의 주관적인 해석으로 시작된 아픔이다. 후자는 우리가 어쩔 수 없다고 쳐도, 전자는 매우 조심해야 한다.

그녀가 호텔 라운지의 클럽룸을 이용한 날은 크리스마스였다. 그런 날의 클럽룸은 1박당 100만 원에 육박할 정도로 고가다. 경제적으로 풍족하지 않은 다수의 사람들은 그런 특급 호텔에 좀처럼 갈 수 없고, 클럽룸의 존재조차 모를 수도 있다. 또 나처럼 그녀가 남긴 글을 우연히 읽은 사람은 '비싼 호텔에서 즐긴다고 판자촌에 사는 사람들을 무시하는 건가?'라는 생각을 할 수 있다. 판자촌에 살았던 사람도, 지금 살고 있는 사람도 그 글을 읽을 수 있다. 이건 누구라도 생각할 수 있는 문제이고, 나쁘게 표현하면 충분히 오해를 피해나갈 여지가 있는 상황이었다. "아, 이게 뭐야? 판자촌만 보이네. ㅜㅜㅜ 판자촌 뷰인가?"라는 표현보다는 "작은 집이 서로 붙어 있는 모습이 참 정겹네, '따뜻한 뷰'라고 불러야지"라고 적었으면 어땠을까?

최근 어느 호텔에서 식사를 즐겼다는 내용의 글을 읽은 적이 있다. "지인이 ○○호텔 브런치를 예약해줬어요. ○○호텔은 너무 비싸서 한 번도 방문하지 않았는데, 호텔 구경도 하고 식사도 했네요"라고 시작하는 그가 포스팅한 글을 짧게 요약하면 이렇다.

- 비수기라서 손님이 별로 없었어요.
- 소고기인데 다가가 사진을 찍으니 하얗게 굳은 기름이 보였어요.
- 음식은 많았지만 그나마 연어가 제일 먹을 만했어요.
- 본식은 애피타이저보다는 먹을 만했어요.
- 일식이라서 간이 강하지 않아 특별한 맛이 느껴지지 않았어요.
- ○○호텔 앞에 있는 바다나 보러 가자고 해서 나왔어요.

- 풍경이 너무 좋네요.
- 역시 호텔 위치는 좋네요.
- 여기가 관광객들에게 유명한 장소라는데 특별한 것은 없어요.

그의 표현을 세심하게 관찰해보면 다음과 같다.

- '너무'라는 부정의 표현을 자주 사용했다.
- '손님이 없다', '그나마', '먹을 만하다' 등 읽는 사람의 맥이 빠지는 표현을 사용했다.
- '위치는 좋다', '특별한 것은 없다' 등 주관적인 관점을 드러내는 표현도 사용했다.

"너는 뭘 그렇게 밉게 말하니!"라는 타박에 "나는 밉게 말하는 게 아니라 감정에 솔직한 거야"라고 응수하는 사람이 있는데, 솔직하게 말하는 것과 밉게 말하는 것은 반드시 구분해야 한다. 그가 쓴 포스팅에 있는 댓글 중 하나에는 "간이 심심해서 저에게는 맞을 것 같네요"라는 글이 적혀 있었다. 짧은 한 줄의 댓글이지만, 그는 무엇을 읽든 그것을 긍정적으로 받아들여서 좋게 말하는 능력을 가진 사람이라는 것을 느낄 수 있었다. 댓글을 쓴 사람이 같은 날, 같은 식사를 했다면 아마 이렇게 포스팅 했을 가능성이 높다.

- 비수기라서 손님이 석어 여유롭게 식사했어요.
- 음식도 많았고, 연어가 특별히 더 좋았어요.
- 본식은 애피타이저보다 더 근사했어요.
- 일식이라서 간이 강하지 않아 건강한 맛이 느껴졌어요.
- ○○호텔 앞에 있는 멋진 바다를 보러 가자고 해서 나왔어요.
- 풍경이 정말 좋네요.
- 역시 호텔 위치도 좋네요.
- 여기가 관광객들에게 유명한 장소라는데, 그럴 만한 가치가 충분했어요.

표현을 조금만 바꿔도 다르게 읽힌다. 다르게 읽히면 글을 쓴 사람에 대한 마음도 바뀌고, 읽고 난 후 기분도 좋아진다. 한 사람의 표현이 수많은 사람들의 일상을 바꿀 수 있다. 무례하게 말하는 사람 주변에는 무례하게 사는 사람들이 가득하고, 솔직하게 말하는 사람 주변에는 솔직하게 사는 사람들이 가득하다. 말은 우리가 부르는 세상이다. 말도, 사람도 우리가 부르는 대로 온다.

관계의 흐름을 바꾸는
말버릇의 기술

우리는 서로 관계를 맺고 산다. 상황에 따라 관계도 매우 다양한데 소개팅과 면접, 단순한 만남이나 업무상 미팅, 계약과 업무상 회의 등 자신의 이미지와 느낌을 보여줘야 하는 모든 순간을 '관계 맺기의 시작'이라고 부를 수 있다.

어떤 상황에서든 처음 관계를 맺을 때 상대에게 전해지는 느낌은 매우 중요하다. 한번 굳어진 느낌은 쉽게 바뀌지 않기 때문이다. 간혹 처음 만들어진 관계의 흐름을 바꿔야 할 때가 있는데 그럴 때에는, 정성과 마음으로 호소하기보다는 원하는 관계를 만드는 언어를 구사하며 원칙과 전략을 구상한 후 접근할 필요가 있다. 정성이 모든 대화의 기본이지만, 그렇다고 정성이 모든 것을 해결해주지는 않는다.

과정은 이렇다. 일단 마음을 기꺼이 열 수 있을 정도의 교감을 시작으로, 오랜 친구 같은 편안함을 주는 말로 통하는 느낌을 들게 해서, 서로 손발이 척척 맞는 것 같은 기분 좋은 감정을 가질 수 있게 해야 한다.

다음의 네 가지 전략을 통해 우리는 관계의 흐름을 바꿀 말버릇의 초석을 다질 수 있다.

생산적인 경청을 위한 3가지 원칙

경청은 매우 중요한 대화의 기술이다. 상대의 말을 듣지 않고 대화할 수 있는 방법은 없다. 하지만 목적 없는 독서가 아무런 답도 주지 못하는 것처럼, 아무런 전략 없는 경청은 시간 낭비일 뿐이다. 대화를 할 때 반드시 명심해야 할 것이 있다. 바로 듣고 싶은 말을 스스로 결정해야 한다는 것이다. 듣고 싶은 말, 궁금한 말이 있다면 원하는 답을 유도하는 질문을 해야 한다. 이때 이런 자세가 필요하다.

"내가 당신의 이야기를 경청하는 이유는 '당신의 성격이 좋아서' 가 아니라 내 입장에서 당신의 말이 듣고 싶을 정도로 귀하기 때문이다."

귀한 마음으로 다가가자.

질문하기 전에는 세 가지 사항을 파악하는 시간이 필요하다. '기준', '이유', '세상을 보는 방식'이 바로 그것이다. 주제에 대한 상대의 가치관을 가장 먼저 관찰하자. 그리고 가치관을 형성한 이유와 원인, 사람을 바라보는 관점과 그렇게 바라보는 이유에 대해서도 관찰해야 한다. 그래야 강력한 정서적 유대감을 조성하면서 효과적인 질문을 할 수 있고, 생산적인 경청도 가능하다.

남을 끌어들이는 순간, 대화는 끝난다

"제가 딸을 키우는 입장이라……."

"그건 좀 힘드네요, 직장에 다니는 입장이라……."

"이렇게 하면 좋을 것 같습니다"라는 조언에 자주 나오는 답변이다. 핑계와 변명은 대화를 피곤하게 한다. 또한 관계의 흐름을 바꾸는 데에도 전혀 도움이 되지 않는다. 상대는 당신의 입장을 듣기위해서 앉아 있는 것이 아니다. 매우 친한 친척이나 가족과의 대화에서는 그런 이야기를 할 수도 있지만, 사회생활을 하며 관계의 흐름을 위해 이야기를 할 때에는 전혀 필요한 말이 아니다. 어떤 관계에서 끌려만 가는 사람들은 자기 성향의 문제를 자꾸 남에게 돌려서 합리화하려는 공통적인 특성이 있다. 내 주장은 내 선에서 끝내야 한다. 남을 끌어들이는 순간, 그 주장은 빛을 잃고, 대화의 주도권도 돌아오지 않는다.

긍정적인 선입견을 심어주는 말버릇

보통 선입견은 부정적인 의미로 자주 사용된다. 하지만 사용하는 사람에 따라 충분히 긍정적으로 해석될 수도 있다. 사회생활을 하다 보면 내 견해와 불일치하는 말이나 행동을 하는 상대에게 선입견을 갖게 된다. 사회생활을 할 때 피곤함을 느끼는 이유 중 하나는 일 자체보다 사람에 대한 피로감에 있다. 반대로 말하면 나 역시 누군가에게 그런 대상이 될 수 있다. 우리는 여기에서 한 가지 힌트를 발견할 수 있다.

상대에게 '말이 통하는 상대'라는 긍정적인 선입견을 주자. 비정상적으로 대치된 상황이라면 지금까지 보여준 당신의 선입견을 상대가 원하는 방향으로 바꿔서 보여주는 것이 좋다. 좋은 선입견이 대화를 당신이 원하는 방향으로 바꿔줄 것이다.

좋은 느낌을 주는 단어를 섬세하게 선택하라

감정을 표현하는 것은 매우 섬세하게 처리해야 할 일이다. 상대의 마음에 상처를 주는 표현은 가급적 사용하지 말아야 한다. 일반적으로 '응원'이라는 단어는 긍정적인 표현이지만, 대화 중에 "나는 당신의 꿈이 현실이 되기를 응원합니다"라고 표현하는 것은 듣기에 따라 실현되지 않을 수도 있다는 의심을 내포하고 있는 것으로 비춰

져 나쁜 영향을 끼칠 수 있다. 상대가 당신에게 부정적인 느낌을 갖고 있다면 '반드시'라고 할 정도로 "응원한다"라고 말한 당신의 의도를 의심할 것이다. 습관적으로 '응원', '희망', '기대' 등의 단어를 사용하는 사람이라면 때에 맞게 적절하게 사용하기 위해 의식적으로 노력할 필요가 있다. 근거 없는 희망은 사람의 마음을 더 불편하게 할 뿐이다.

위에 나열한 네 가지 원칙을 잘 활용하면 부정적으로 흐른 관계도 분명 긍정적으로 바꿀 수 있다. 다만 한 가지 기억해야 할 것은 언제나 상대에게 도움을 주겠다는 마음으로 다가가야 한다는 사실이다.

"제가 좀 도와드려도 되겠습니까?"

"그건 제가 조금 알고 있는데, 언제든 필요하시면 말씀해주세요."

상대와 만나 대화를 하는 목적이 무엇이든 그것을 이룰 수 있다는 긍정적인 믿음을 가지는 것이 좋다. 영원히 잊지 말자, 상대에게 도움을 주겠다는 마음으로 다가가야 한다는 변하지 않는 진리를.

겸손한 마음은
모든 대화의 기본이다

#1.

하루는 한눈에 봐도 힘이 없어 보이는 한 노인이 부동산에 들어왔다. 식구는 많은데 돈은 부족한 그의 현실. 그가 구하는 집의 액수를 듣고 부동산 중개업자는 이런 말을 날렸다. 정말 '날렸다'는 표현이 딱 맞다. 그것은 마치 누군가를 죽이기 위해 날리는 총알과도 같았기 때문이다.

"그 가격의 전세는 지하철 타고 ○○역(서울에서 집값 싼 지역)에서 내려서 다시 마을버스 타고 몇 정거장 더 들어가서 구해보세요!"

사람은 총알에만 맞아 죽는 게 아니다. 말로 쏘는 총은 마음에 깊은 상처를 내고, 그 상처는 죽는 날까지 사라지지 않고 그 사람을 괴롭힌다.

물론 많은 사람들을 상대하는 직업의 특성상 그분들에게는 시간이 곧 돈이기 때문에 민감한 부분도 있을 수 있다. 반대로 손님이 왕처럼 구는 상황도 있을 것이다. 상황이 어떻든 간에 이왕이면 조금 더 나은 세상을 만들기 위해 서로가 표현을 조금씩 조심하면 어떨까?

#2.

　　한 부부가 둘이 살 수 있는 작은 전셋집을 구하러 부동산을 찾았다. 약간의 요구사항이 있었는데, 그 이야기를 들은 부동산 중개업자는 이런 말로 쏘아붙이며 그들을 내쫓다시피 했다.

　　"내가 부동산 선수인데, 그런 논리는 통하지 않지. 그냥 가세요. 더 할 말이 없습니다."

　　과연 여기서 '선수'라는 말은 어떤 의미로 해석해야 할까? 한편 비슷한 요구사항을 들은 다른 부동산 중개업자는 이런 이야기를 들려주었다.

　　"그 가격에는 좀 힘듭니다. 아무래도 전셋집이 부족해서요. 대신 다른 지역이라도 물건이 나오면 연락드리겠습니다."

　　그리고 그는 문을 열고 나가는 손님들에게 이렇게 말했다.

　　"꼭 좋은 집을 구하실 수 있을 거예요."

　　그 모습은 마치 하나의 근사한 풍경화 같았다. 우리는 물감과

스케치북 없이도 그림을 그릴 수 있다. 따뜻한 말과 그것을 전할 수 있는 한 사람의 마음만 있다면 세상은 언제나 아름다운 화폭이 될 것이다.

물론 지역에 따라 전셋값은 천차만별이다. 20억짜리 전세도 구하기 힘든 지역이 있고, 월세 1,000만 원인 집이 몰려 있는 곳도 있고, 2억 정도면 작은 전셋집을 구할 수 있는 지역도 있다. 나는 이런 생각을 해본다.

'굳이 인상을 쓰며 서로에게 상처를 줄 표현만 골라 말할 필요가 있을까?'

대화의 기본은 겸손이다. 허리를 숙여 상대를 존중하는 마음을 드러내는 것처럼, '말의 허리'를 숙여 상대를 존중하는 마음을 대화에서 표현할 수 있다.

겸손한 마음이 곧 그 사람의 인성을 결정한다

좋은 관계를 결정짓는 모든 대화는 겸손한 마음에서 시작한다. 남자가 갖춰야 할 덕목은 겸손이다. 여자가 갖춰야 할 덕목도 겸손이다. 지인과 가족, 친구, 동료가 갖춰야 할 덕목도 겸손이다.

수많은 사람들이 인성을 논한다. 인성이 덜 된 사람들의 공통점은 바로 '말의 허리'를 숙이지 못한다는 데 있다. 겸손의 깊이가 더해지면 그 사람의 인간성도 아름다워진다. 모든 관계의 기본은 겸손이라는 사실을 언제나 기억하자.

겸손한 마음이 상대를 대화의 주인공으로 만든다

대화에서 겸손을 드러내는 일은 생각만큼 쉽지 않은데, 그중 가장 간단하고 쉬운 방법은 호칭을 적절히 선택하는 것이다. 처음 만나는 상대와 대화를 시작하게 되었다면 상대가 가지고 있는 직함 중에서 상대가 가장 불리기 원하는 직함으로 부르는 것이 좋다. 만약 상대가 30년 이상 중소기업을 운영하고 있는 잘나가는 대표이지만 어릴 때 가난해서 대학에 진학하지 못해 학력이 고졸이라면, 그런데 사회에서의 경력을 인정받아 대학에서 겸임교수로 활동하고 있다면 당연히 '교수님'이라고 불러야 그의 호감을 얻을 수 있고, 그를 대화의 주인공으로 만들어줄 수 있다. 겸손은 나를 낮추는 게 아니라 상대의 존재를 인정하는 것이다.

가장 나쁜 경우는 '~씨'라고 부르는 것이다. 아예 부르지 않는 게 나을 정도로 '~씨'라는 표현은 듣는 사람의 기분을 매우 나쁘게 만든다. 상대의 기분 나쁜 마음을 인식하지 못하고 지금도 '~씨'를 남발하는 사람은 아무리 말해도 이해하지 못할 것이다. '~씨'는 직장에서 팀장이 사원을 부를 때 하는 대표적인 말 중 하나다. 직장이 아

"좋은 관계를 결정짓는 모든 대화는
겸손한 마음에서 시작한다."

닌 이상, 당신보다 나이가 젊거나 지위가 낮더라도 직접적인 상하 관계가 아닌 이상 부하직원처럼 불리는 것을 좋아할 사람은 없다.

호칭이 바뀌면 상대의 마음도, 둘의 관계도 바뀐다. 상대를 대화의 주인공으로 초대하고 싶다면 그를 특별하게 만들 수 있는 호칭으로 불러야 한다.

겸손한 마음이 주는 말버릇

늘 겸손하게 처신하며 상대를 돕는 사람에게는 두 가지 말버릇이 있다.

"당신께 감사합니다."

"모든 것이 덕분입니다."

이 표현만 제대로 사용해도 겸손을 유지할 수 있다. 반대로 누군가와 관계를 맺고 무언가를 시작하고 싶다면 그가 위에 제시한 두 개의 표현을 자연스럽게 사용하는 사람인지 살펴보라. 모든 상황에 감사하고 이익과 성과의 작은 공도 상대에게 돌릴 줄 아는 사람은 꾸준히 배우는 사람이고, 믿어도 될 만큼 내면이 튼튼한 사람이다.

좋은 말이 좋은 세상을 만든다. 말로 아름다운 세상을 그릴 수 있다. 말은 사라지지 않고 빛나는 물감이다.

당신이 사는 세상은 아름다운 화폭인가, 아니면 쓰러질 때까지 치고 받는 처절한 정글인가? 주먹만 가진 사람에게는 세상이 정글로 보이고, 아름다운 언어를 품은 사람에게는 화폭으로 보인다. 주먹을 펴고 붓을 잡고 그림을 그리자, 당신이 표현할 수 있는 가장 아름다운 언어의 색으로. 이를 위해서는 내뱉고 후회하는 말버릇을, 내뱉고 만족하는 말버릇으로 바꿔야 한다. 사람들은 상대의 말버릇을 그 사람의 본심이라고 생각하기 때문이다. 생각할 틈도 없이 버릇처럼 나오는 말이 전략적으로 내뱉는 말보다 그 사람의 진심을 더 반영한다고 믿는 사람이 많다.

"상대를 그가 내뱉는 말로 판단하지 마라.
그러나 당신은 내뱉는 말로 판단될 거라는 사실을 기억하라."

일상에서
기품 있게 말하는 법

"식당에서 일하시는 분들께는 친절하게 말해야 해."

"택배 배달을 하시는 분과 운전하시는 기사님을 존중해야 해."

어떤 어른도 아이들에게 부도덕한 삶을 강요하지는 않는다. 온 갖 극존칭까지 사용하며 주변에서 고생하는 모든 사람들을 따뜻한 마음으로 대해야 한다고 가르친다. 하지만 대부분 단지 가르침에서 끝난다. 식당에서 원하는 서비스를 받지 못하거나 택배가 예상보다 조금이라도 늦게 도착하면 '친절하게 대해야 한다'는 첫 마음이 조금씩 흔들린다. 그러다가 결정적으로 상대가 미안한 표정을 짓지 않고 사과도 하지 않으면 더 큰 소리로 대응하며 모든 분노를 그에게 퍼붓는다. 게다가 전혀 상황에 맞지 않는 논리로 그들을 무시한다.

"그러니까 그 모양으로 살지. 그렇게 공부 좀 하지 그랬어!"

"이 무례한 사람아, 네 수준이 딱 보인다. 부모에게 뭘 배웠는지!"

사실 사람이 사람을 직접적으로 비난하고, 화를 내는 것은 쉬운 일이 아니나. 분노의 시산이 끝난 後에는 미안한 감정과 함께 화를 낸 자신이 부끄럽게 생각된다. 하지만 역시 그런 상황에서도 우리는 자신을 보호할 수 있는 말을 생각해낸다.

'저 사람은 좋은 대접을 받을 자격이 없어. 나 정도면 양호한 거지.'

흔히 "대접받고 싶은 만큼 상대방을 대접하라"고 말하지만, 현실에서는 실천하기 어렵다. 왜 그럴까? 이유는 간단하다. 그것은 하나의 결론이고, 결론으로 나아가기 위해 실천해야 할 작은 원칙이 빠졌기 때문이다. 기품 있는 사람은 '인간이라면 누구나 때로는 나도 대접받고 싶다'는 감정을 갖고 있다는 사실을 알고 있다. 하나 묻겠다.

"단골손님이란 무엇을 말하는 걸까?"

매주 1회 이상 방문하는 손님? 아니면 조금 더 많이 주문하고 단체를 끌고 오는 손님? 나는 조금 다르게 생각한다. 단골손님은 횟수나 금액이 아니라 고객의 마음이 결정한다고 본다. 아무리 자주 찾아와 많은 돈을 써도 이상하게 정이 가지 않고 단골처럼 느껴지지 않는 손님이 있다. 그들에게는 이런 공통점이 있다.

- 지인들을 데리고 와서 단골손님처럼 대접받는 모습을 보여주

려고 한다.

- 단골손님에게 당연히 더 좋은 것을 많이 제공해주어야 한다고
  생각한다.
- 식당의 종업원들을 마치 자기 직원처럼 대하며 심부름까지 시
  키려고 한다.

한편 몇 번 찾아오지 않았어도 단골손님처럼 여겨져 정성을 다하게 만드는 손님이 있다. 그들은 지불하는 돈과 찾아오는 횟수가 다른 게 아니라 쓰는 표현이 다르다. 이는 매우 중요한 말이다. 기품 있게 말하려는 사람은 반드시 금과옥조로 여겨야 할 말이다.

흔히 '손님은 왕'이라고 한다. 그런데 사실 나는 손님도, 주인도 모두 왕이 아니라고 생각한다. 식당이 궁전도 아닌데, 왜 자꾸 왕을 찾는 걸까? 결국 우리는 누구나 갑의 삶을 꿈꾸는 것은 아닐까? 여기서 을의 대접을 잘 참는 사람도 저기서는 당당하게 갑의 행세를 하려고 든다. 대접받고 싶은 마음은 누구에게나 있다. 문제는 그 안에 '기품이 있느냐, 없느냐'에 달려 있다. 한 가지 묻겠다.

"우리는 언제 고통을 겪을까?"

- 식사를 제때 하지 못할 때?

- 바로 앞에서 버스를 놓칠 때?

- 원하는 성적이 나오지 않았을 때?

그런 것도 물론 고통스러운 일이지만, 그보다 타인과 비교할 때 고통은 더욱 커진다. 다른 사람은 식사를 하지만 나는 일을 해야 할 때, 다른 사람은 모두 버스를 탔지만 나만 놓쳤을 때, 다른 사람은 모두 원하는 성적이 나왔지만 나만 그렇지 못했을 때 우리의 세계는 극심한 고통을 겪는다.

기품 있게 말하고 싶다면 기품 있는 언어를 사용해야 한다. 또한 그런 일상을 살아야 한다. 하지만 일상은 언제나 우리를 품위 없는 언어로 가득한 세상으로 유혹한다. 갑이 되려는 마음을 버리고, 타인에게 인정받으려는 마음을 내려놓자. 그런 사람에게는 저절로 기품 있는 일상이 주어진다. 이기려는 마음보다는 안으려는 마음으로 세상과 사람들을 바라보자.

혼자를
견디는 연습

세상은 지금 '함께'라는 단어로 가득하다. 마음 맞는 사람들이 정기적으로 모여 책을 함께 읽고, 여행도 함께 떠나고, 식사와 산책도 같이 하는 삶을 살고 있다. 물론 다 좋다. 하지만 이유는 알아야 한다.

'우리는 왜 늘 함께 존재하려고 하나?'

'왜 혼자서는 그것을 하지 못하는가?'

간혹 보통 사람은 평생 만지기 힘든, 많은 돈을 가진 연예인이 안 좋은 선택으로 세상을 떠나기도 한다. 엄청난 영향력과 높은 인기, 화려한 건물과 자동차를 가졌지만 자기 삶을 버리는 이유가 뭘까? 그것은 누리는 모든 것들이, 자신이 아닌 타인에게서 나온 것이기 때문이다. 연예인은 타인을 많이 의식하며 사는 사람이다. 팬을

"내가 보는 세상이, 내가 읽는 책과 내가 듣는 음악이
비로소 내 안에 쌓여 성장의 자양분이 된다."

위해서라면 마음에 들지 않는 가면을 쓰고, 평생 그런 것처럼 연기를 하며 살아야 한다.

인기가 쌓일수록 자신의 내면은 닳아 사라진다. 타인의 시선이 집중될수록 자신의 삶은 사라져 껍데기만 남게 된다. '빛나는 별'이라는 의미에서 그들을 스타라고 부르지만, 누구보다 어두운 곳에 사는 사람이 많은 것도 부정하기 힘든 현실이다. 연예인만 그런 것은 아니다. 혼자서는 무엇도 할 수 없는 우리도 마찬가지다. 타인의 시선을 의식하는 사람은 혼자 존재하지 못한다. 혼자서 시간을 보낼 용기가 없고, 혼자 남으면 극도의 불안함을 느끼기 때문이다. 늘 누군가 함께 있어야 하고, 무언가 소통할 생명이 곁에 존재해야 한다. 많은 사람들이 주변에 있지만 그들은 말한다.

"정작 내 마음을 털어놓고 편하게 말할 사람이 없어요."

혼자를 견딜 수 있어야 한다. 백 명과 대화를 나누는 것보다 나의 내면과 나눈 잠깐의 대화가 내게 더 힘을 준다. 내가 보는 세상이, 내가 읽는 책과 내가 듣는 음악이 비로소 내 안에 쌓여 성장의 자양분이 된다. 혼자 있을 수 있을 정도의 강한 내면을 소유한 자만이 모든 것을 성장의 자양분으로 삼아 좋은 말을 하는 사람으로 살아갈 수 있다. "나는 공정한 사람이야"라고 말하는 사람 치고 공정하게 판단하는 사람을 본 적 없고, "나는 쿨한 사람이야"라고 말하는 사람

치고 쿨하게 사는 사람을 본 적 없다.

　간혹 내가 쓴 글에 "왜 자기 의견만 고집하나요? 다양성을 인정합시다"라며 자기 의견을 주장하는 사람이 있다. 나는 그런 사람의 말을 주의 깊게 듣지 않는다. 다양성을 인정하자는 그가 먼저 내가 가진 다양성을 무시했기 때문이다. 결국 이유는 하나다. 평소에 내 글이 마음에 들지 않기 때문이다. 진실로 공정한 사람과 쿨한 사람은 말이 아니라 행동으로 자신을 증명한다. 다양성을 인정하는 사람 역시 타인의 의견을 존중하며 자기주장을 펼친다.

　사람은 다양하다. 동시에 자신에 대해 잘 모르고, 타인을 인정하지 않으려는 마음을 갖고 있다. 내가 "선택받는 사람이 되자"라고 말하면 "꼭 선택을 받아야 하나요?"라고 말하고, 그럼 "스스로 선택하는 사람이 되자"라고 말하면 "선택이란 걸 꼭 해야 하나요?"라고 말하며, 불신과 분노에 가득한 두 눈으로 "내가 이해할 때까지 설명해 달라"고 요구한다.

　편협한 사고를 하는 사람일수록 "나는 공정한 사람"이라고 말하고, 이기적인 행동을 하는 사람일수록 "나는 질서를 중요하게 생각하는 사람"이라고 말한다. 그래서 우리는 혼자를 견딜 수 있어야 한다. 어떤 상황에서도 흔들리지 않고, 자신의 의견을 주장할 수 있는 사람은 홀로 강한 사람이기 때문이다.

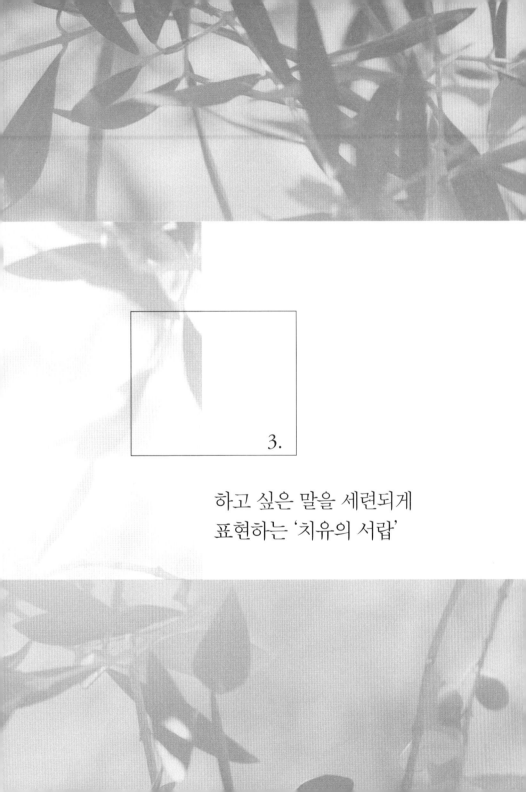

3.

하고 싶은 말을 세련되게
표현하는 '치유의 서랍'

타인의 감정을
중요하게 생각한다는 것의 의미

"야, 너 지금 좀 울면 안 되니?"

"지금 울면 분위기 완전 좋아질 것 같은데."

"지금이 울 타이밍이야! 아직 방송을 모르네."

방송에서 실제로 말하기도 하지만, 굳이 언급하지 않더라도 출연자의 얼굴과 눈빛을 보면 서로의 눈물을 원하는 느낌이 그대로 전해질 때가 있다. 이처럼 방송 프로그램에서 자꾸만 타인의 눈물을 강요하는 경우가 있다. 예능에서의 눈물은 감동을, 다큐에서의 눈물은 진정성을 느끼게 해준다. 그래서 울 만한 장면에서 서로 긴장하며 '이 시점에서 누가 울어줘야 하는데'라는 눈빛으로 서로를 바라보기도 한다. 그러다가 마침내 누군가 눈물을 흘리려는 기미를 보이면 서로 달려가 묻는다. "무슨 일이야?", "왜 그런 거야?", "뭐가 그렇게 힘들었어?"라고 묻고 자연스럽게 방송을 감동 코드로 연결하려고 노력한다. 그것이 꼭 나쁘다고 말하는 것은 아니다. 방송이 아닌 강연에서도 그런 연출을 하는 분들은 많다. 다만 내가 말하고 싶은 것은 그렇게 연출을 해서 타인의 감정을 움직이려는 사람도 있지만, 반대로 있는 그대로의 사실만 전달하며 타인의 감정을 소중하게 생각하는 사람도 있다는 것이다. 우리는 후자에 주목할 필요가 있다.

얼마 전 가수 이효리가 자신이 사는 제주도 집으로 시청자를 손님으로 초대해 함께 생활하는 일상을 보여주는 프로그램이 방송되었다. 아르바이트생으로 소녀시대의 윤아가 나왔는데, 매우 감동적인 부분이 있었다. 상황을 설명하자면 이렇다.

손님들이 외출하자 이효리는 윤아와 음료를 마시며 각자 자신이 좋아하는 노래를 주고받으면서 그 시간을 행복한 마음으로 즐겼다. 얼마나 시간이 지났을까, 이효리가 선곡한 노래가 흘러나왔다. 잔잔한 목소리와 피아노 소리의 조화가 매우 아름다운 곡이었다. 이때 약간 고개를 숙이고 노래를 듣고 있던 윤아가 갑자기 눈물을 흘렸다. 이를 발견한 이효리의 남편 이상순은 이효리에게 다가가 "윤아가 우는 것 같아"라고 말했다. 만약 다른 방송이었다면 난리가 났을 것이다. 앞서 언급한 것처럼 이렇게 잔잔한 방송에서는 언제나 감동 코드를 요구하기 때문이다. 하지만 이효리의 선택은 상상과 달랐다.

"가수는 감성이 풍부하기 때문에 음악 들으면서 잘 울어."

얼마든지 이슈를 만들어낼 수 있었지만 윤아의 "슬프네요"라는 말에 이효리는 따뜻한 눈으로 그녀를 바라보며 "나가서 바람 쐬고 와"라고 덤덤하게 말했고, 시청자가 원하는 자극은 없다.

윤아는 차가운 바람을 맞으며 사색에 빠졌고, 이효리 부부는 그런 그녀를 걱정하며 바라보기만 했다. 우는 이유를 묻거나 과거의 기억을 끄집어내는 대신 윤아 혼자 자신의 눈물을 감당할 시간을 허락한 것이다. 타인의 감정을 중요하게 생각한다는 것은 이런 것이다. 잘 모르는 상태에서 섣불리 개입해 상대의 마음을 흔드는 것이 아니라 묵묵하게 오랜 시간 지켜보며 상대가 모든 과정을 이겨내는 모습을 응원하는 것이다. 흔히 이효리를 보며 '자존감이 강한 사람'이라고 생각하는 이유가 바로 여기에 있다. 자존감이 강한 사람은 자신을 지키는 동시에 타인의 감정도 소중하게 대할 줄 안다.

미국의 철학자 존 롤스John Rawls는 《정의론》에서 자존감에 대해 이렇게 설명한다.

"자존감은 타인의 존경에 의해서, 즉 자신이 타인에게 존중받음을 느낌으로써 형성된다. 만약 타인에게 존중받지 않는다면 그의 목적은 실현되기 어려울 것이다. 따라서 자신의 자존을 위해서는 서로 친절하고 존중해주는 상호 존중을 인정해야 될 것이다."

진정으로 상대의 감정을 소중하게 생각하는 사람은 다음의 3단계 과정을 통해 타인의 마음을 있는 그대로 받아들이고, 감정을 이해한다.

상대가 존재하는 풍경을 안아주자

누군가를 이해하기 위해서는 그가 느끼는 감정을 이해해야 한다. 그러기 위해서는 모든 감정이, '분석할 대상'이 아닌 '인정의 대상'이라는 사실을 기억해야 한다. 이효리가 윤아에게 그랬던 것처럼 개입하지 말고 그저 그 사람이 존재하는 풍경을 바라보자.

'어떤 이유가 있겠지.'

'많이 속상할 거야. 그러니까 힘들겠지.'

'내가 모르는 사정이 있겠지.'

이렇게 인정하고, 그 사람이 머무는 풍경을 따뜻한 눈으로 바라보자. 그럼 이전과는 다른 것들이 보인다. 그것을 마음으로 감싸면 상대를 온전히 안을 수 있다.

모든 분노에는 나름의 이유가 있다

누구나 화가 날 땐 이렇게 말한다.

"내가 괜히 이러는 줄 알아?"

모든 분노에는 나름의 이유가 있다. 하지만 우리는 대개 자신의 분노에만 관대하고, 타인이 느끼는 분노에는 이유가 없다고 생각하거나 쉽게 풀 수 있다고 생각한다. 분노의 감정을 담아 쓴 누군가의 글을 읽을 때 '이 사람은 왜 자기 분노를 제어하지 못하고 이렇게 다 공개할까?'라고 생각하기보다는 '어떤 이유가 이 사람을 분노하게 만들었을까?'라는 시각으로 접근하자. 그가 느낀 감정을 예상하지 말고, 그가 느낀 감정을 그대로 인정하면 된다.

함부로 판단하지 말자

좋은 책과 강연을 아무리 많이 읽고 경험해도 발전이 없는 사람이 있다. 그 이유가 뭘까? 바로 좋은 글과 강연 내용을 존중하는 마음이 부족하기 때문이다.

'저 사람에게 그런 내용을 쓸 자격이 있나?'

'에이, 나보다 직장생활 경험도 적은데 뭘 알고 떠드는 거지?'

존중하는 마음이 없으면 아무것도 얻을 수 없다. 다른 사람의 글이나 말을 함부로 판단하지 말자.

'방법이 눈에 보이는데 왜 그렇게 하지 않는 거야?'

'이렇게 쉬운데 왜 못하는 거지?'

이런 것도 좋은 접근 방법이 아니다. 앞에서 언급한 것처럼 그에

"진정으로 상대의 감정을 소중하게 생각하는 사람은
타인의 마음을 있는 그대로 받아들이고, 감정을 이해한다."

게 나름의 이유가 있다고 생각하자. 그래야 그가 느낀 감정을 이해할 수 있고, 전하려는 지식을 배울 수 있다.

타인의 감정을 소중하게 생각하는 사람은 자기감정도 매우 소중하게 다룬다. 그리고 이는 언제나 강한 자존감의 형성으로 이어진다. 강한 주장과 고성으로 타인을 함부로 대하며 우습게 보는 사람은 얼핏 생각하기에 매우 강한 사람이라고 여길 수도 있지만, 실제로는 그렇지 않다. 타인이 존재하는 풍경을 안아주고, 그의 분노에 녹아 있는 나름의 이유를 발견하며, 어떤 일이 있어도 함부로 판단하지 않는 사람만이 자기 자신도 소중하게 생각할 수 있다.

"타인의 감정을 소비하지 말고,
귀하게 생각하고 아껴주자."

사람의 마음을 어루만지는
한마디의 비밀

나는 각종 SNS에서 정말 다양한 분들의 인생 이야기를 듣고 있다. 물론 주로 힘들고, 아프고, 슬픈 이야기들이다. 연령도 다양하고 사는 이야기도, 하는 일도 모두 다르지만 내가 그들의 고민을 듣고 위로할 수 있는 이유는 적어도 그들의 마음을 아프게 하지는 않기 때문이다.

꼭 대단한 기술이 있어야만 누군가를 위로할 수 있는 것은 아니다. 상대는 그저 자신의 아픈 이야기를 전하는 것만으로도 스스로 치유되기 때문이다. 결국 듣는 사람은 그저 가벼운 반응만 제때 해 주면 된다. 그런데 그게 참 어렵다. 그 간단한, 짧은 반응을 왜 제대로 하기 힘든 걸까?

#1.

　저녁 9시, 한 식당의 마감 시간. 부모님의 건강과 병원비 걱정에 고민이 많은 주인이 카운터에 앉아 한숨을 쉬고 있다. 이를 본 한 단골손님이 그에게 다가가 "무슨 일이라도 있으세요?"라며 말을 붙인다. 나이는 주인이 훨씬 많았지만 자기 고민을 어디에서도 말할 수 없었던 그는 편안하게 모든 이야기를 털어놓는다. 시간이 얼마나 지났을까? 고개를 연신 끄덕이며 주인의 하소연을 듣고 있던 손님이 문득 시계를 보더니 "너무 늦어서 이제 가봐야겠습니다"라고 말하며 일어선다. 상황을 부정적으로 바꾼 결정적인 한마디는 계산을 마치고 문을 열고 나가며 주인에게 내뱉은 그의 말이었다.

　"그럼 고생하세요."

　어떤 느낌이 드는가? 물론 손님은 주인이 현재 힘들어하기 때문에 격려하는 차원에서 '고생하시라'는 표현을 썼을 것이다. 하지만 고생하라는 말은 어감이 그리 긍정적이지 않다. 더군다나 그런 말은 연장자가 어린 사람에게, 지위가 높은 사람이 낮은 사람에게, 선생이 학생에게 표현하는 게 적절해 보인다. 아이가 부모에게 "그럼 고생하세요"라고 말할 수는 없는 노릇 아닌가? 그는 주인의 마음을 위로하고 싶었지만, 오히려 주인은 앞으로 그를 더 상종하지 않기로 했다. 자신의 아픈 이야기를 유일하게 털어놓은 사람이었기에 상처가 더욱 컸다. 결국 손님은 스스로 아무런 잘못을 하지 않았다고 생각할 수도 있지만, 정말 엄청난 잘못을 한 셈이다. 한 사람을 잃었으니까. 경청은 물론 중요하나. 하지만 수백 번 잘 들어도 한 번 잘못 말하면 모든 게 끝난다.

#2.

최근 구직에 어려움을 겪던 한 20대 남성이 옆에 있던 지인의 머리를 망치로 내리친 사건이 일어났다. 정신적으로 문제가 있거나 상대에게 원한이 있는 상황도 아니었다. 그렇게 엄청난 범죄를 저지른 원인은 어디에 있었을까?

모든 불행은 상대가 내뱉은 한마디에서 시작되었다. 그날 그는 구직의 어려움을 토로하며 자신의 부모와 통화를 하고 있었다. 눈물까지 보인 그에게 옆에 있던 지인이 답답하다는 듯이 이렇게 외쳤다.

"그렇게 징징거리며 살지 말고 차라리 고향으로 돌아가라."

그 한마디에 분노한 그는 망치로 친구의 머리를 내리쳤다. 우리 삶에서 발생하는 대부분의 다툼은 이 짧은 한마디에서 시작한다.

"너는 가치가 없는 사람이야."

상대의 마음을 어루만지는 말하기의 기본은 '가치를 존중하는 태도'에 있다. 다음의 세 가지 질문을 반복하다 보면 상대의 마음을 어루만지는 한마디를 발견할 수 있을 것이다.

- 어떻게 하면 상대의 가치를 발견할 수 있을까?
- 그의 가치를 어떻게 제대로 전달할 수 있을까?
- 전달한 가치를 그의 삶에 연결하려면 어떻게 해야 할까?

"그렇게 살지 말고 차라리 고향으로 돌아가라"는 말을 위의 세 가지 질문에 대입해보면 "너에게는 아직 찾지 못한 가능성이 있어"라는 말로, 다시 "내가 그 가능성을 찾을 때까지 함께 있을게"라는 말로, 다시 "네가 좋아하는 일에 너의 가치를 한번 연결해보자"라는 말로 바꿀 수 있다. 수많은 도전에 실패한 사람에게는 "이제 포기하는 게 어때?"라는 말보다 "잘했어, 오늘은 좀 쉬자. 정말 열심히 달려왔으니까"라는 따뜻한 말 한마디가 마음을 어루만져주기에 충분하다.

#3.

"이제 시작입니다. 떨리지만 많이 준비했으니 걱정하지 않습니다. 많이 사랑해주세요."

생애 첫 창업을 시작한 한 중년 남성이 SNS에 느낌을 남겼다. 평소 그의 계정에 자주 들어오던 지인들은 그가 남긴 글을 읽고 다양한 내용의 댓글을 적었다. 그런데 안타깝게도 20% 정도만 그에게 진실한 마음을 전하는 글이었고, 나머지 80% 정도는 전혀 힘을 주지 못하는 글이었다. 아니, 오히려 힘을 빼앗는 댓글이라고 볼 수 있었다.

이런 상황에서 사람들이 자주 사용하는 표현은 크게 두 가지다. 하나는 "응원합니다"라는 말이고, 다른 하나는 "힘내세요"라는 말이다. 창업을 했다는 말에 "힘내세요"라고 응수하는 것은 조금 이상하지 않은가? 그런데 많은 사람들이 반사적으로 그런 표현으로 격려를 한다.

"힘내세요"라는 말은 상대가 지금 힘이 없어 보일 때 쓰는 말이다. 다시 말해 일이 잘 안 되고 있는 것처럼 보인다는 의미다. 따라서 듣는 사람 입장에서는 매우 난감하고, 기분이 나쁠 수 있다. 자신은 전혀 그렇게 생각하지 않고, 앞으로 승승장구할 거라고 생각하며 글을 올렸는데, "힘내세요"라는 댓글이 적혀 있으면 기분이 좋을 리 없다. 사소한 표현이 다른 사람의 좋은 기분까지 망칠 수 있다. 그럴 때에는 조금 더 생각해서 응수를 하는 게 좋다. 가령 "늘 좋은 소식만 들리기를 소망합니다"라거나 "멋진 선택과 일상에서 열정을 배웁니다"라는 식의 표현이 좋다. 그런 댓글을 읽으면 상대는 당신을 긍정적으로 생각하는 사람이자, 늘 겸손하게 무엇이든 배우려는 사람이라고 생각하게 될 것이다.

사람의 마음을 어루만지는 한마디는 그 사람을 아끼는 만큼 조금 더 생각하다 보면 발견할 수 있다.

"나의 관점이 아닌 철저하게 아픈 그 사람의 눈과 마음으로 바라보자. 위로가 상처가 되지 않을 수 있게, 사랑이 미움이 되지 않을 수 있게."

아픈 마음을 치유하고
시작하는 새로운 삶

나는 아무리 정당한 말이라도 욕하는 사람과 분노에 빠진 사람의 말은 신뢰하지 않는다. 대화를 하다가 분노를 참지 못하고 갑자기 욕을 쓴다는 것은 그의 말과 글이 처음부터 내게 욕하고 분노하기 위해 시작된 것이라는 사실을 증명하기 때문이다. 분노와 욕은 마지막에 자신의 모습을 드러내지만, 사실은 애초부터 그 안에 숨어 나올 기회를 노리고 있었던 것이다. 우리는 우리 안에 있는 것만 바깥으로 보낼 수 있다.

알고 싶은 상대가 있는가? 그렇다면 그가 쓴 글을 읽고, 그와 대화를 자주 나눠보라. 공감하는 사항뿐만 아니라 다른 생각을 가진 사항에 대해서도 쓰고 말해보라. 그리고 그의 반응을 살펴보라. 만약 그가 평온을 유지한다면 그건 당신을 존중한다는 의미이고, 반대로 치밀어오르는 분노를 그대로 표출한다면 그 모든 것이 당신을 바라보는 그의 마음을 적나라하게 보여주는 것이라고 생각하면 맞다.

마찬가지로 온갖 조언이나 의견이라는 말로 포장해서 접근해도 그가 결국 욕과 분노를 표출했다면 좋은 의도가 아닌 짓누르려는 목적으로 접근했을 가능성이 높다. 사람은 쉽게 변하지 않는다. 그리고 분노를 숨기지도 못한다. 만약 그런 사람이 주변에 자꾸 늘어난다면 안타깝지만 당신도 그들과 별 다를 바 없이 쉽게 분노하고 욕하는 기운을 가진 사람이라는 것을 뜻한다.

왜 좋은 말과 긍정적인 표현을 자주 해야 한다고 생각하는가?

"분노의 언어는 아무리 강렬하게 울려 퍼진들 한 사람도 일으켜 세울 수 없지만, 사랑의 언어는 짧은 한 문장으로도 그것을 읽은 사람의 심장을 평생 지치지 않게 한다."

많은 사람들이 마음이 아프다며 주변에 조언을 구한다. 하지만 정말 필요한 것은 조언이 아니다. 확신을 주는 것이다.

우리는 모두 사막에 산다. 내가 가야 할 방향이 어디인지 어느 누구도 자신할 수 없다. 방황하는 이들은 좌절하며 묻는다.

"이 길이 맞습니까?"

그들은 방법이 아니라 방향이 틀리지 않았다는 말을 듣고 싶은 것이다.

"맞아, 네가 맞아. 그대로 계속 가면 돼."

마음이 아픈 사람은 아무도 치료할 수 없다. 더 슬픈 사실은 스스로도 자신의 아픔을 치유할 수 없다는 것이다. 만약 당신의 마음에 분노가 가득하다면 내가 마음이 아픈 사람을 치유하기 위해 쓴 다음 글을 읽으며 마음을 달리 먹어보길 바란다.

"내가 사랑스럽게 태어나서 세상이 나를 사랑하는 것이 아닙니다. 사랑이 가득한 언어를 사용하면서 나는 사랑스럽게 되었습니다. 그 사실을 알게 된 후 이웃에게 사랑을 주기 시작했습니다. 만약 내가 그 사람의 사랑스러운 모습을 발견하지 못하면 내게 세상이 사랑을 전한 것처럼 그에게 사랑을 불어넣어주면 됩니다."

듣기만 해도 섬뜩한 욕설과 무서운 분노를 버리고, 이 세상과 사람을 살릴 수 있는 새로운 나로 태어나자. 마음이 지친 사람에게도, 마음이 아픈 사람에게도 사랑의 언어는 고스란히 전해져 일어날 수 있는 힘을 실어줄 것이다.

"좋은 말과 글은 눈과 귀로 먹는 보약과 같다."

상처를 주는 한마디 vs
상처를 치유하는 한마디

5년 전, 캐나다에 살 당시 몹시 추운 겨울밤이었다. 다음 날 아침 일찍 여행을 떠나기로 되어 있어서 나는 여행 중에 간식으로 먹을 떡을 튀기고 있었다. 그런데 그때 기름이 끓어 넘치면서 화로 밖으로 불꽃이 크게 튀어올랐다. 순간, 불이 날까 봐 겁이 났던 나는 양손으로 냄비를 들어 싱크대 개수구로 옮겼다. 하지만 그것은 모든 불행의 화근이었다. 냄비 안에 있던 떡과 기름이 물과 만나 폭발하면서 나는 얼굴에 화상을 입고 말았다. 아직도 그 아픔을 잊을 수가 없다. 얼굴이 불타오르는 것처럼 고통스러워 나는 본능적으로 밖에 쌓여 있던 눈을 얼굴에 대고 문질렀다. 그러면서도 떠오르는 걱정을 잠재우기 힘들었다.

'화상 흉터가 남는 건 아닐까?'

'흉터가 사라지지 않으면 앞으로 난 어떻게 살지?'

그렇게 정신없이 얼굴에 눈을 문지른 지 얼마나 지났을까? 나는 정신을 차리고 아는 언니에게 전화를 걸고서 서둘러 응급실로 향했다. 캐나다의 병원 응급실은 보통 몇 시간을 기다려야 하지만, 화상의 심각성 때문인지 한 시간도 지나지 않아 치료를 받을 수 있었다. 그런데 빨리 치료를 받는다는 사실이 기쁘기보다는 되레 많은 생각이 오갔다.

'내 상태가 정말 심각하구나. 나 이제 정말 어쩌지?'

며칠 후 다시 병원에 진료를 받으러 갔을 때 나이 지긋한 할머니 간호사 한 분이 내 얼굴을 알코올 적신 솜으로 닦아주며 "걱정하지 않아도 괜찮아. 너는 지금보다 더 아름다운 외모를 갖게 될 거니까. 넌 더 예뻐질 거야"라고 몇 번이나 말해주었다. 그 모습과 마음이 어찌나 정성스럽게 느껴지던지 그 마음의 결이 아직도 내 가슴에 남아 있을 정도다.

캐나다에 살다가 지금은 한국으로 돌아와 행복한 나날을 보내고 있는 지인이 경험한 이야기다. 그녀는 당시 상황을 추억하며 내게 이런 이야기를 들려주었다.

"지금도 선명하게 기억나요. 진심이 담긴 그녀의 말을 들었을 때

내 마음속의 걱정은 사라졌고, 이내 편안한 상태를 유지할 수 있었죠. 덕분에 걱정했던 화상 흉터도 이제는 찾아볼 수 없어요. 짧은 한마디라도 정성을 담아 말하면 실의에 빠져 아픈 사람을 구할 수 있어요. 저도 그렇게 누군가의 상처를 치유할 수 있는 한마디를 하며 살고 싶어요."

언젠가 코를 심하게 다쳐 골절 사고가 난 적이 있는데, 수술에 들어가기 직전 의사는 내게 이런 이야기를 들려줬다.

"수술을 해서 부러진 코를 의학적으로는 바로 세워드립니다. 하지만 시간이 지나면 변형이 올 수 있습니다. 전체적인 인상이 변할 수 있으니 성형수술을 해야 할 수도 있습니다."

의사는 내게 겁을 줬다. 하지만 그 소식을 들은 그녀는 내게 이렇게 이야기했다.

"의학적으로 반듯하게 세워주니까 오히려 성형수술을 한 것처럼 예쁜 코를 가질 수 있겠네요. 작가님은 더 멋진 외모의 소유자가 될 겁니다."

의사는 언제나 최악의 상황을 말한다. 그렇다고 의사에게 최선의 상황을 말해달라고 할 수는 없다. 이 세상도 그렇다. 세상은 언제나 현실적인 말을 한다. 거기에 빠진 채 살면 우리의 삶은 매우 피곤해진다. 스스로 상처를 만들지 말자. 그리고 이 세상과 사람을 치유

"아픈 마음을 치유하길 바라는
진실한 마음을 담아 선물처럼 그 사람에게 전해주자."

할 수 있는 말을 하며 살자.

　나도 잠시 세상이 말하는 소리에 빠져 걱정하는 시간을 보냈었다. '수술 후 남은 흔적이 흉터가 되어 사라지지 않으면 어쩌지?'라는 생각에 잠을 이루지 못하기도 했다. 하지만 그녀의 응원 덕분에 알 수 없는 미래를 걱정하기보다는 분명한 현재를 믿고, 그것을 현실이라고 생각할 수 있었다. 태어나 처음 하는 수술이었지만, 그렇게 걱정을 날려버렸다.

　상대의 아픈 마음을 치유하길 바라는 진실한 마음을 담아 선물처럼 그 사람에게 전해주자.

"좋은 마음은 반드시 상처를 치유한다."

지친 사람의 마음을 움직이는 활력의 언어

미국에 어느 한국인 부부가 살고 있었다. 스물여섯 살의 운동선수인 남자는 재능은 있지만, 아직 군대도 다녀오지 않은 상태였다. 게다가 팔꿈치 수술을 받는 등 안 좋은 일만 가득한 상황이었다. 월급이 100만 원 수준이라 아이들을 포함해 네 식구가 같은 팀의 세 선수와 함께 월세를 살 만큼 경제적으로도 힘들었다. 결국 가족이 고통을 겪는 모습을 더는 볼 수 없었던 그는 아내에게 이렇게 말했다.

"한국에 돌아가서 편안하게 살자. 이제 더 이상은 힘들 것 같아."

그러자 아내는 단호한 얼굴로 이렇게 응수했다.

"나랑 애들 신경 쓰지 말고, 여기서 당신이 할 거 해. 당신이 처음 가졌던 꿈을 이루라고. 여기에 꿈을 이루려고 온 거잖아? 당신에

게 방해된다면 우리는 한국에 가면 되니까 당신은 꿈을 포기하지
마!"

당시 아내는 건강도 안 좋은 상태였다. 한쪽 눈이 안 보이기 시
작했고, 시력을 잃을 수도 있을 거라는 진단을 받았다. 하지만 그녀
는 남편의 꿈을 지지했고, 그가 꿈을 이룰 것이라 강력하게 믿었다.
그리고 그 믿음은 곧 현실이 되었다.

이야기의 주인공은 2013년 12월, 7년 동안 연봉 1,370억 원으
로 텍사스 레인저스와 계약한 추신수다. 그의 수입은 주급으로 따지
면 3억 원이 넘는다. 그의 이야기를 들은 후 흔히 남자와 여자는 전
혀 다르게 말한다.

여자: "저런 남편을 만나면 누구든 최고로 내조할 수 있지. 천억
을 벌어오는 남편인데, 뭐든 못 하겠어!"
남자: "저런 부인을 만나야 성공할 수 있지. 평범한 실력을 가진
추신수를 저렇게 위대한 선수로 만든 내조를 나도 받고
싶다!"

많은 남자들이 추신수 아내와 같은 여자를 만나고 싶어 하고, 많

은 여자들이 추신수와 같은 남자를 만나고 싶어 한다. 그런데 내가 보기에 이들은 '말하기'에 대한 감각이 전혀 없는 듯하다. 많은 남편들이 추신수 아내의 이야기를 듣고 아내에게 "내소 좀 살해날라"고 요청할 것이다. 하지만 대부분 아내에게 이런 대답을 들을 것이다.

"그래, 내조하는 거 힘들지 않아. 그럼 당신도 추신수처럼 천억 벌어와!"

이런 말을 주고받았다면 서로에 대한 믿음이 없는 사이라고 보면 된다. 추신수가 가장 힘들었던 시절, 그는 아내에게 이런 이야기를 했다.

"조금만 더 고생해. 이제 다 왔다. 너 고생한 거 보상받아야지."

그러자 그녀는 웃으며 이렇게 대답했다.

"보상받으려고 고생하나?"

그녀의 한마디에 그는 더 힘을 내 모든 것을 야구에 바쳤다. 상대에게 힘을 주고 싶다면 무엇을 주든 보상을 기대하지 말아야 한다. 이때 마음을 전할 수 없으면 아무 소용이 없다. 추신수의 아내 하원미는 그걸 해냈다. 그녀는 지친 사람의 마음에 활력을 주는 한마디가 무엇인지 제대로 아는 사람이다.

상대가 열정을 제대로 쏟을 수 있도록 만드는 힘은 상대가 아니라 당신에게 있다. 열정이 피라면, 믿음은 핏줄이다. 믿음은 열정을 흐르게 만들어 꿈을 이루게 해주는 유일한 통로다. 실제로 그녀의 한마디를 만나기 전까지 그는 열정만 가진 실패의 아이콘이었다. 그녀의 한마디를 통해 추신수는 자신이 가지고 있는 진짜 능력을 보여줄 수 있었다.

믿음의 한마디는 세상 그 무엇보다 강력한 힘을 갖고 있다. 아무리 좋은 의사도, 아무리 좋은 운동 시설도 최고의 선수를 만들 수 없다. 거기에는 사람에 대한 강력한 믿음이 없기 때문이다. 믿음이 빠진 기술은 껍데기일 뿐이다.

여자와 남자는 서로 다르다. 그대 앞에 서 있는 이성의 아픈 마음을 위로하며, 동시에 다시 설 힘을 주고 싶다면 다음 조언을 기억하라.

"남자는 세월이 흘러도 존중받기를 원하고, 여자는 세월이 흘러도 사랑받기를 원한다. 젊었을 때보다 힘이 약해지고 경제적인 능력이 조금 떨어져도 그때처럼 존중해주며, 젊었을 때보다 외적 매력이 떨어지고 주름이 가득한 모습이라도 그때처럼 사랑을 전하자."

남자와 여자, 둘 사이에 가장 중요한 것은 무엇과도 바꿀 수 없는 귀한 시간을 함께 보내고 있다는 것이다. 눈물 나게 아픈 시간, 끝이 보이지 않는 길을 걷는 시간, 가진 게 사랑밖에 없는 시간, 찬란하게 빛나는 시간을 서로 위로하고 아껴주며 보내자. 남자를 믿는 여자의 눈빛과 여자를 사랑하는 남자의 눈빛은 서로를 아름답게 하는 가장 큰 재산이다.

서로 상대의 난섬을 오래 생각하지 말고, 사랑하게 한 장점을 떠올리자. 서로 마음에 깊은 상처를 주지 말고, 처음 아름다운 마음에 빠져 행복했던 시절을 떠올리자. 그래도 그가 너무 미워서 견딜 수 없을 때에는 '이렇게 내가 참고 지낸 거 언제 보답받을 수 있나?'라고 생각하기보다는 '나중에 보답받으려고 힘들었던 순간을 견딘 건 아니다'라고 생각하자.

믿음의 한마디를 던지는 순간, 미움이 사라지고 내면에 집중하게 되면서 사랑할 시간이 소중하게 느껴질 것이다. 한마디 말로 인생도, 사랑도 달라질 수 있다. 모든 선택은 자신의 결정으로 이루어진다. 보답받으려는 마음은 필연적으로 분노를 부른다. 그저 사랑하자. 사랑은 거래가 아니다.

"사랑을 느끼는 그대로를 전할 때 서로의 사랑은 더욱 깊어진다."

치유의 언어는
어떻게 한 사람의 삶을 바꾸는가

그의 아버지는 6·25 전쟁에서 한쪽 눈을 잃고 팔다리를 다친 장애 2급의 국가 유공자였다. 아버지는 그에게 반갑지 않은 이름이었다. '병신의 아들'이라고 놀리는 친구들 때문이었다. 가난은 그림자처럼 그를 둘러쌌다. 아버지는 아들에게 미안한 마음을 표현하고 싶을 때마다 술의 힘을 빌려 말했다.

"아들아, 미안하다."

이국종 교수의 이야기다. 그는 한 인터뷰에서 이렇게 말했다.

"중학교 때 축농증을 심하게 앓은 적이 있습니다. 치료를 받으려고 병원을 찾았는데 국가 유공자 의료복지카드를 내밀자 간호사들의 반응이 싸늘했습니다. 결국 다른 병원에 가보라는 말을 들었고,

"한 사람의 꿈은 그것을 지지하는
다른 한 사람에 의해 더 커지고 강해진다.
그 사람을 사랑한다면 그대가 그 한 사람이 되어라."

몇몇 병원을 돌았지만 모두 문전박대를 당했습니다. 이런 일들을 겪으며 이 사회가 장애인과 그 가족들에게 얼마나 냉랭하고 비정한 곳인지 잘 알게 됐던 것 같습니다."

이야기는 거기에서 끝나지 않았다. 자신을 받아줄 다른 병원을 찾던 중 그는 자기 삶을 바꿀 의사를 만나게 되었다. '이학산'이라는 이름의 외과 의사였는데, 그는 어린 이국종이 내민 의료복지카드를 보고는 이렇게 말했다.

"아버지가 자랑스럽겠구나."

그는 진료비도 받지 않고 정성껏 치료해주고는 마음을 담아 이렇게 격려했다.

"열심히 공부해서 꼭 훌륭한 사람이 되어라."

그 한마디가 어린 이국종의 삶을 결정짓게 되었다.

"의사가 되어 가난한 사람을 돕자. 아픈 사람을 위해 봉사하며 살자."

그를 대표하는 삶의 원칙도 그때 탄생했다.

"환자는 돈을 낸 만큼이 아니라 아픈 만큼 치료받아야 한다."

어린 이국종이 내민 의료복지카드를 보며 "아버지가 자랑스럽겠구나"라는 말을 한 의사가 없었다면 그는 우리가 아는 이국종이 될 수 없었을지도 모른다. 부끄럽다고 생각한 의료복지카드를 자랑스럽게 만들어준 근사한 한마디가 세상을 아름답게 했다.

누군가 자신의 꿈을 말할 때 당신은 뭐라고 답해주는가?

- 다 좋은데, 그게 돈이 되겠니?
- 너 그거 하려고 대학 나왔니?
- 그거 아무도 알아주지 않는 일이야!

그런 말은 상대의 마음을 아프게 할 뿐이다. 이렇게 따뜻한 마음을 담아 호응하면 어떨까?

- 네 꿈 참 근사하다.
- 참 멋진 꿈을 가졌구나!
- 그런 꿈을 가진 네가 나는 참 자랑스럽다.

한 사람의 꿈은 그것을 지지하는 다른 한 사람에 의해 더 커지고 강해진다. 그 사람을 사랑한다면 그대가 그 한 사람이 되어라.

"한마디만 달리 말해도 한 사람의 삶을 바꿀 수 있다."

분노와 불안에 떠는 사람을
위로하는 대화법

다양한 사람들을 만나 이야기를 나누다 보면 경험이 쌓이고, 그런 경험은 '사람을 보는 안목'을 높여준다. 하지만 가끔은 난감한 상황이 생기기도 한다. '내 말에 계속 반박할 것 같은 사람'이나 '딱 봐도 말이 통하지 않을 것 같은 사람'을 만났을 때다. 사람을 상대해본 경험이 별로 없는 초보자 눈에는 그게 보이지 않으니 쉽게 다가갈 수 있지만, 모든 게 눈에 보이는 사람은 그게 참 힘들다. 지옥불이 활활 타오르는 화산에 일부러 몸을 던지는 사람은 없지 않은가.

간혹 '말만 시작해봐라, 내가 가만 놔두나!' 하는 표정으로 나를 기다리는 사람을 만날 때가 있다. 분노와 싸움을 향한 의지가 정점에 달한 사람을 만났을 때 원활하게 이야기를 나누려면 어떤 방법을 선택하는 것이 가장 효율적일까?

"먼저 그 사람을 이해해야 한다. 이해하려는 마음으로 다가가라."

많은 사람들이 이런 식으로 조언한다. 물론 맞는 말이다. 그런데 사실 매일 살을 부비며 사는 가족의 마음도 헤아리기 어려운 게 현실인데, 하물며 몇 번 만나지도 못한 사람의 마음을 이해하라는 말은 공허한 조언에 불과하다. 조금 더 현실적인 조언이 필요하다. 내가 찾은 답은 '최대한 돌아가는 것'이다.

"너 화났구나. 어제 무슨 일 있었어?"

이런 식의 접근으로는 상대의 화를 잠재울 수 없다. 우리는 여기에서 수백 년 동안 변하지 않는 진리 하나를 기억할 필요가 있다. 가르치려고 하면 상대는 물러선다. 세상에 가르치려는 사람을 반기는 사람은 없다. 배움은 그것을 구하는 자의 몫이지, 억지로 짜낼 수 있는 게 아니다.

감정도 마찬가지다. 상대의 감정을 향해 일직선으로 달려가는 행위는 그의 마음을 움츠러들게 한다. 분노를 하는 이유는 더 물러설 곳이 없기 때문이다. 따라서 설 자리를 최대한 넓게 만들어주어야 한다. 그것이 바로 최대한 돌아가는 기술이다. "많이 아프냐? 네 마음 다 안다"는 식의 서툰 위로는 자제하고, 마음 아픈 이유를 스스로 말할 때까지 사소한 질문을 반복해서 던지며 구석에서 조금씩 그의 마음 한가운데를 향해 걸어가라. 첫 질문은 내가 중심이 되어야 한다.

가령 사업이 잘 안 되는 사람을 만나 이야기를 나눌 때에는 사업을 연상할 수 있는 모든 단어를 배제하고 질문을 시작하는 게 좋다.

"요즘 운동을 시작했더니 몸이 안 아픈 곳이 없네. 너는 어때?"

"제대로 준비하지 않고 운동을 시작해서 그런가봐."

이런 대화를 나누며 그는 자기 사업을 생각할 것이다. 당신이 아무리 다른 이야기를 해도 상대는 본능적으로 지금 자신을 가장 힘들게 하는 일을 생각할 것이기 때문이다. "사실……"이라는 말로 그가 자기 이야기를 시작하면 신호가 왔다고 생각하면 된다. 상대는 제대로 준비하지 않고 운동을 시작한 거 아니냐고 말하며 '아, 내가 사업을 제대로 준비하지 못한 것 같다'는 생각을 할 것이다. 동시에 준비를 제대로 하지 않고 무리한 운동을 하면 몸이 아픈 것처럼 사업도 잘 준비하지 않으면 아픔을 느끼게 될 것이라는 사실을 깨달을 것이다. 그때가 바로 상대가 마음의 문을 여는 순간이자, 가만히 듣고만 있어도 대화가 원활하게 이루어질 수 있는 기회다.

현실적인 문제로 아파하는 사람에게 다가가 마음을 편안하게 해주는 말을 하기는 매우 어렵다. 가장 좋은 방법은 경험이다. 자주 경험할수록 좋다. 경험을 통해 스스로 배운 것만이 진정 나의 것이 되기 때문이다. 다만 다가갈 때 조금씩 천천히 상대의 마음을 달래는 것이 중요하다는 사실만은 꼭 기억하자.

감정을 억누르고 참는 사람을
치유하는 한마디

"난 참을성이 많아."

"조금 아픈 정도는 잘 느껴지지 않아."

이렇게 말하는 사람 중에 정말 그런 사람도 있지만, 오히려 정반대인 사람도 있다. 따라서 자신의 참을성을 강하게 어필하는 사람은 조심하는 게 좋다.

"내가 그동안 얼마나 아팠는지 알아?"

"내가 말 안 하려고 했는데 도저히 안 되겠어."

그들이 순간적으로 참았던 이유는 참을성이 많거나 상대를 배려해서가 아니라 '두고 보자'는 마음으로 화와 분노를 조금씩 쌓아두고 있었을 가능성이 높다. 나중에 결국 모든 것을 쏟아내면 그동안 참았던 세월도 모두 사라져버리는 셈이다. 그럼에도 불구하고 한

번 폭발하면 분노를 멈추지 않고, 당연히 상대의 이야기도 듣지 않는다. '나만 옳다, 왜냐하면 나는 많이 참았으니까'라는 원칙을 매우 강하게 고수하고 있기 때문이다. 그들이 참은 모든 시간은 결국 나중에 터뜨릴 폭발의 정당성을 보여주기 위해서일 가능성이 높다.

묻지 않아도 자신의 자제력을 내세우는 사람이나 몸이 조금 아픈 것은 아프게 느끼지 않는다고 말하는 사람은 조금 의심해볼 필요가 있다.

"아픔에 민감하지 않은 내가 이렇게 아픔을 호소할 정도인데!"

"참을성 많은 내가 참을 수 없을 정도인데!"

나중에 이런 식으로 공격할 가능성이 높기 때문이다. 혹시 나중에 공격하기 위해 참는 것은 아닌지 주의 깊게 관찰하고, 한번 폭발할 경우 그 어떤 말도 통하지 않는다는 사실을 기억하자. 아무리 선한 마음도 그들의 마음을 돌릴 수는 없다. 세상에는 그런 사람도 있는 법이다. 그들이 나쁜 게 아니라 그들이 안타깝게도 그럴 수밖에 없는 상황에 자주 놓였기 때문에 그렇게 된 거라고 이해하고 넘기면 된다.

스스로 대범한 사람인 것처럼 말하다가 상대의 한마디에 바로 민감해져서 방어적으로 변하는 사람을 보면 "다른 사람이 한 말 한마디에 그렇게 민감할 필요 없어요"라고 말해주고 싶다.

큰 조직을 이끌며 승승장구하는 사람도 항상 외롭고, 현실은 두렵다. 여기도, 저기도 참아내는 사람만 가득하다. 하지만 아픔을 확상할 필요도, 없는 사신감을 있는 깃저럼 포징힐 필요도 없다. 우리는 '약한 존재'도, 그렇다고 '강한 존재'도 아닌 그냥 '존재' 그 자체이니까.

당분간은 지친 내 마음을 쉬게 하자. 짧은 한마디면 충분하다. 오늘은 아픈 마음에 대고 이렇게 말해보자.

"억지로 감정을 포장하거나
더는 괜찮은 척하며 웃지 말자.
그저 내게 주어진 나로 살자."

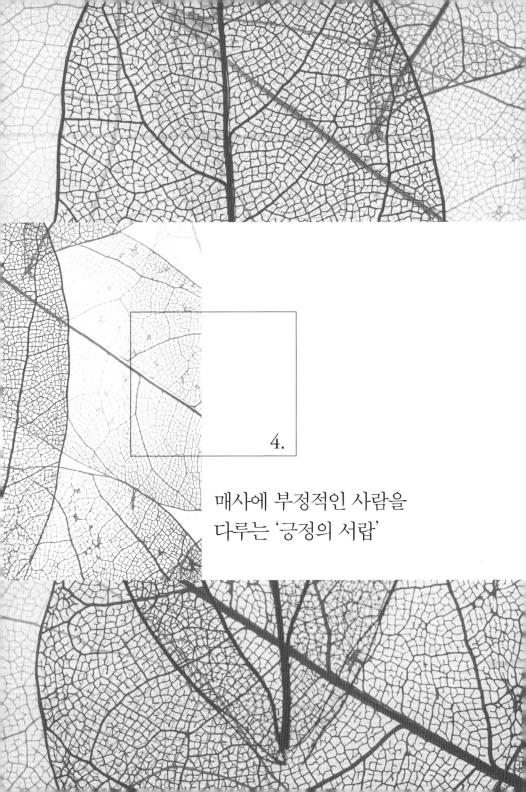

4.

매사에 부정적인 사람을
다루는 '긍정의 서랍'

일이 잘 풀리는 사람은
화법이 다르다

어느 날 사색하우스에 지인 두 명을 초청했다. 그때 한 사람은 주변을 둘러보더니 뭔가 만족스럽지 않다는 표정으로 "서울에서 너무 멀어. 자주 오지 못하겠네"라고 말했다. 그리고 다른 한 사람은 주변 풍경을 바라보며 환하게 웃으면서 "서울에 있는 집과 적당한 거리에 있어서 주말마다 찾아와 사색하기 딱 좋겠다"라고 말했다. 그들은 같은 지점에서 이동해 같은 집을 바라봤지만, 서로 다른 평가를 남겼다. 그 이유가 뭘까?

최근 사당역에 내가 직접 운영하는 책과 작품을 파는 '김종원 갤러리'라는 작은 공간을 오픈했다. 이 소식을 전하자 앞의 그 두 명은 또 다른 반응을 보였다. 한 명은 "와, 작은 서점에 딱 맞는 위치와 규모구나, 내일이 기대된다"라고 말했고, 다른 한 명은 "주변에 대형 서

점이 있으면 운영이 쉽지 않을 텐데, 게다가 아르바이트도 있어야 하지? 요즘 시급이 너무 높아서 걱정이겠다"라고 말했다. 사당역에서 내려 함께 걸어와 같은 갤러리를 봤지만 물의 반응은 서로 달랐다.

갤러리에 대해 부정적인 평가를 한 사람은 누구일까? 당신의 예상이 맞다. 사색하우스를 보며 서울에서 너무 멀어 자주 오기 힘들겠다고 말한 지인이 마찬가지로 갤러리 운영의 어려움을 제기했다. 한 가지 재미있는 사실은, 토를 달고 상황을 부정적으로 판단한 사람은 살면서 한 번도 제대로 된 성취를 경험한 적이 없고, 좋은 의미를 부여한 사람은 무슨 일이든 시작하면 평균 이상의 성취를 경험했다는 것이다.

잘 모르는 분야의 일도 시작만 하면 일사천리로 풀리는 사람이 있고, 반대로 평생 그 일만 하고 살아도 한 번도 제대로 풀리지 않는 사람이 있다. 이 둘 사이에는 어떤 차이가 있는 걸까? 나는 그들이 자주 쓰는 말에서 그 이유를 찾았다.

가치를 높게 평가하라

같은 집을 두고도 3억 원 정도로 보인다고 말하는 사람이 있고, 5억 원 이상으로 보인다고 말하는 사람도 있다. 이 경우 세상이 정한 가치에 근접한 금액을 말한 사람이 사물의 가치를 제대로 평가한 거라고 생각할 수 있다. 그런데 세상은 집의 가치를 3억 원이라고 정했지만, 내가 다른 가치를 부여하면 5억 원 이상이라고 생각할 수도 있다. 세상이 말하는 가치로 집값을 정하는 기계적인 관점에서 벗어나야 한다.

물건과 사람의 가치를 높게 평가한다는 것은 일단 상대에게 관심을 갖고 있다는 뜻이고, 그 안에 숨어 있는 가능성을 발견했다는 증거라고 볼 수 있다. 관심을 갖고 자신의 가능성을 발견해준 사람과의 대화를 마다할 사람은 없다. 주변에 있는 모든 사물에 가치를 부여하는 연습을 하라.

부러우면 이기는 거다

"부러우면 지는 거다"라는 말이 있다. 나는 이 말이 매우 부정적인 영향을 끼치는 표현이라고 생각한다. 자꾸만 타인의 성공에 토를 달게 되고, 눈앞의 문제를 해결할 방법보다는 시도할 수 없는 핑계만 찾게 되기 때문이다. 따라서 가급적 사용하지 않기를 바란다. 반대로 생각해야 한다. 부러우면 지는 게 아니라 부러워야 이길 수 있다. 마음껏 부러워하면 그가 그것을 성취하기 위해 쏟은 노력과 전략이 눈에 보이기 시작한다. 사색하우스와 김종원 갤러리를 본 두 사람의 표현에서도 그것을 발견할 수 있다.

아끼는 만큼 지켜보자

아는 사람은 아는, 매우 짜증 나는 표현이 하나 있다.

"내가 너를 아껴서 하는 소리인데……."

이런 식의 모든 표현은 시작부터 잘못되었다. 진정으로 상대를 아낀다면 아끼기만 하자. 그리고 사랑한다면 사랑만 전하자. 그 뒤에 나오는 모든 말은 참견으로 느껴질 뿐이다. 누구나 다른 사람을 보면 참견하고 싶다는 유혹에 흔들린다. 하지만 상대가 원하는 것은 그런 것이 아니라 따뜻한 마음과 눈길이다. 상대가 원하는 것을 주자. 그것이야말로 그 사람을 진정으로 아끼고 사랑하는 사람의 모습이다.

잘 풀리는 인생이란 주변에 좋은 사람이 많고, 그들의 뜨거운 응원을 받으며 사는 것을 말한다. 그들은 우리에게 이렇게 조언한다.

"말하려고 하면 피하고, 들으려고 하면 다가온다."

조금 더 듣자. 정성껏 귀를 기울이면 마음의 소리가 들린다. 어떤 말도 돌아서지 않는 사람의 마음을 바꾸고 싶다면 일단 들어라. 정성껏 들으면 미움의 무게도 가벼워진다.

일은 까다롭게,
말은 섬세하게

온라인상에서 교류하는 사람들이 늘어나면서 각종 SNS에서 인연을 맺는 사례가 늘고 있다. 그런데 좋은 면만 있는 것은 아니다. 가끔 이런 불평을 하는 사람도 만난다.

"SNS에서 소통할 때에는 괜찮은 사람인 줄 알았는데, 실제로 만나서 이야기를 나눠보면 생각이 전혀 달라 인연을 끊을 확률이 매우 높아요."

물론 간혹 그런 일이 생길 수는 있다. 하지만 만약 그 비율이 높아져 50% 이상의 사람과 인연을 끊게 된다면 자기 자신을 의심해볼 필요가 있다. 상대가 아닌 나에게 문제가 있을 가능성이 높기 때문이다. 그들은 이렇게 변명한다.

"만나보니까 꼰대다."

"만나보니까 독선적이다."

"만나보니까 말과 행동이 다르다."

이런 점은 상대를 만나기 전에 다양한 방법으로 소통하여 충분히 짐작할 수 있는 부분이다. 자꾸만 만나는 상대가 생각했던 것과 다르다면 상대가 아닌 그렇게 생각한 자신의 안목을 탓해야 한다. 오히려 상대는, 다른 사람에게는 좋은 사람일 수도 있다.

'까다로움'과 '섬세함'을 제대로 구분하자. SNS에서 소통할 때 좋았던 느낌을 만나서도 이어가지 못하는 사람의 특징 중 하나가 일을 할 때 '까다롭다'는 평가를 들을 정도로 철저하다는 데 있다. 이들은 하나부터 열까지 스스로 완벽하다고 생각할 때까지 수정하고 또 수정한다. 또 지지 않으려는 성격과 포기하지 않는 태도를 지녔다. 하지만 대화에서는 이러한 성향이 그다지 좋은 영향을 끼치지 않는다. 일은 까다롭게 접근해야 하지만, 대화는 섬세하게 다루어야 하기 때문이다.

말은 나긋나긋하게 하지만, 표현에서 '지지 않으려는 느낌'을 주는 사람이 있다. 내가 아는 음악을 말하면 공감의 의미에서 "그 음악, 나도 안다"며 반응을 시작하는데, 이상하게 그게 공감이 아니라 "너만 아냐? 나도 아는 음악이네"라는 비아냥거림으로 들리기도 한다. 문제는 그들이 나누는 모든 대화에서 항상 비슷한 패턴을 보인다는 사실이다.

본인은 모르겠지만, 그런 사람을 만나 대화를 나누는 사람은 참 피곤하다고 생각한다. 가령 음악을 추천해달라는 말에 내가 최근에 듣는 음악을 추천해주면 "ㅎㅎ 기억에서 잊혀진 노래들이네요. 아무튼 잘 들을게요"라고 응수하는 사람을 보면 '이 사람은 대체 내게 왜 이럴까?'라는 생각만 든다.

'섬세하다'는 말이 곧 여성스럽다는 의미는 아니다. 예를 들어 아무리 귀엽고 사랑스러운 이모티콘을 보내도 한번 굳은 감정은 녹지 않는다. 이모티콘은 감정을, 특히 언어로 만든 감정을 지울 힘을 갖고 있지 않기 때문이다.

섬세함이란 이런 것을 말한다. 누군가 화를 내야 할 상황에서 화를 내지 않고 지나치는 것을 보며 "너는 사람들에게 소리치고 화내지 못하지?"라고 말한다면 듣는 사람 입장에서는 기분이 그리 좋지 않을 것이다. 괜히 자신이 나약하고 내성적인 사람이 된 기분이 들 것이다. 그럴 때 "너는 화를 내지 못하잖아"가 아니라 "너는 화를 내기보다는 평화를 사랑하는 사람이지"라고 말하면 느낌이 확 달라진다. 여기에서 조금 더 섬세하게 표현해 "그건 네 철학과 맞지 않잖아"라고 말하면 더 완벽하다. 좋은 마음을 전하는 동시에 상대에게 철학을 갖고 사는 사람이라는 느낌도 줄 수 있다. 그런 게 바로 섬세함이다.

타인을 평가하려는 자세를 버리고 '어떻게 하면 좋은 마음을 전할 수 있을까?' 생각해보자.

"좋은 마음이 결국 좋은 대화를 유도하는 법이다."

굳게 닫힌
상대의 마음을 여는 법

TV를 보는데 전문 아나운서와 요리의 대가가 함께 진행하는 방송에 오너 셰프 한 명이 출연했다. 요리의 대가는 오너 셰프가 만든 요리를 입에 넣자마자 눈을 감고 생각에 잠겼다. 그의 모습은 마치 요리를 만든 셰프의 고생한 지난 세월을 음미하는 듯 경건하고 차분했다. 3초 정도 시간이 지난 후 그의 입에서는 이런 말을 흘러나왔다.

"우리 셰프님, 20년 동안 정말 고생 많으셨습니다."

사실 오너 셰프는 방송 출연에 적극적이지 않았다. 실제로 "방송에 나가고 싶지 않다"는 의견을 중간중간 표출하기도 했다. 하지만 그런 그가 오히려 대가의 팬이 되었고, 자진해서 방송을 이끌어나가며 무사히 촬영을 마칠 수 있었다. 대가의 한마디가 지난 20년 동안 닫혀 있던 그의 마음을 연 것이다.

"20년간 고생 많았다"는 대가의 한마디에 셰프는 울음을 터뜨렸다. 여기까지는 참 좋았다. 문제는 이 상면을 곁에서 지켜보던 선문 아나운서의 반응이다. 그는 '이 상황에서 무슨 말이라도 해야 할 텐데' 하는 표정으로 이런 말을 내뱉었다.

"인정받으니까 좋으시죠?"

휴, 그가 그 말을 내뱉는 순간, 모든 감동이 사라졌다. 당연히 현장 분위기도 급격하게 차가워졌다. '인정'이라는 말은 매우 신중하게 사용해야 한다. 그것은 위에서 아래로 향하는 느낌을 주는 단어이기 때문이다. 아들이 아버지에게 "아빠의 노력을 인정해요"라고 말하지는 않는다. "아빠의 노력을 존경해요"라고 말하는 게 더 적절하고 아버지의 마음을 기쁘게 하는 표현일 것이다. 그 아나운서는 "인정받으니까 좋으시죠?"라는 표현이 아닌 "지난 20년의 세월을 알아봐주시니 얼마나 행복하세요"라고 말했어야 했다. 이는 전혀 다른 표현이다. '당신의 노력은 내가 인정하죠', '그건 내가 인정한다'는 표현은 관계를 망치는 대표적인 언어다. 갑과 을의 관계를 형성하기 좋은 표현이기 때문이다.

아나운서처럼 또박또박 정확한 발음으로 귀에 거슬리지 않게 말하는 것도 매우 중요하긴 하다. 하지만 그것이 전부는 아니다. '발음'과 '음성'은 마음을 전하는 하나의 수단일 뿐이다. 본질에 집중하지 않으면 껍데기만 화려한 사람이 될 수가 있다. 세상에는 완벽한 발음과 정확한 언어를 구사하는 아나운서보다 배운 건 없어도 말로 사랑받는 사람들이 있다. 말은 기술이나 지식의 문제가 아니라 마음의 문제다.

셰프가 처음에 방송 출연을 거절했던 이유는 지난날 마음의 상처를 받았던 기억이 있기 때문이었다. 하지만 우리는 기억해야 한다.

"모든 상처는 마음을 여는 열쇠다."

얼굴에 상처가 나 꿰맨 경험이 있는 사람은 안다. 꿰맨 실밥을 뜯기 위해 오래 붙여둔 반창고를 떼어내는 그 순간, 얼마나 많은 생각이 오가는지.

'흉터가 얼마나 남았을까?'

'연고를 바르면 조금이라도 사라질까?'

그러다 결국에는 '영원히 반창고를 떼지 말고 살까?'라는 바보 같은 생각도 하게 된다. 반창고를 떼고 실밥을 뜯어내는 순간, 거울에 비친 자신의 상처를 보며 눈물이 흐르기도 한다. 그것은 흉터에 대한 걱정 때문이 아닌 '내가 나를 이렇게 만들었구나', '바보처럼 내가 나를 아프게 했구나'라는, 나 자신을 향한 미안한 감정에서 오는 서글픔이다.

"좋은 말은 외워서 할 수 있지만,
적절한 말은 많이 생각해야 한다."

모두가 저마다 마음속에 흉터 하나씩은 갖고 있다. 숨기고 싶고, 바라만 봐도 마음 아픈 자리. 나는 마음속 흉터를 '피지 못한 꽃'이라고 생각한다. 다시 말해 더 많은 사랑이 필요한 자리다.

상대의 마음속으로 들어가기 위해서는 흉터에 붙인 반창고를 떼야 한다. 그래서 마음이 통하는 대화를 하기가 힘든 것이다. 좋은 말이나 예쁜 말이 아니라 가장 듣고 싶은 말 중에서도, 지금 이 순간 가장 적절한 말을 해야 하기 때문이다. 좋은 말은 외워서 할 수 있지만, 적절한 말은 많이 생각해야 한다.

"꽃은 자신이 피어날 자리를 선택하지 않는다.
마음에 피는 꽃도 그렇다.
상처 받은 마음에도 꽃은 아름답게 피어난다.
모든 상처는 꽃이고, 모든 마음은 꽃밭이다."

최악의 상태에 있는 사람을
구하는 한마디

다양한 활동을 하며 누구보다 멋진 인생을 사는 한 청년이 있다. 사실 최근까지도 그는 아픈 현실에 짓눌려 일상을 보내고 있었다. 부모님이 사업 실패로 모든 재산을 날렸고, 그 충격으로 어머니는 정신병원 신세를 지게 되었으며, 아버지는 매일 술만 마시다 알코올 중독자가 되었다. 모든 재산과 일상이 물거품처럼 사라졌다. 동시에 그도 살아갈 힘을 잃었다. 일은 하고 있었지만, 도무지 희망이 보이지 않았다. 사실 이런 이야기는 주변에서 어렵지 않게 접할 수 있다. 평범하게 사는 것조차 정말 힘든 세상이다. 현실은 언제나 우리를 망가뜨릴 준비를 하고 있다.

이 청년은 한때 우리 집에 자주 찾아오던 택배기사다. 주변 사람을 늘 세심하게 관찰하는 나는 그가 택배를 배송하는 모습에서 다른 점을 발견했다. 그는 정성이 남달랐다. 어떤 물건이든 그냥 문 앞에 두고 가는 일이 없었고, 벨을 누르거나 전화를 해서 꼭 배송이 되었다는 소식을 전했다. 이는 말이 쉽지, 사실 시간에 쫓기다 보면 현실적으로 어려운 일이다.

특히 그를 더 잘 알게 된 계기가 있었다. 하루는 그의 표정을 봤는데, 뭔가 평소보다 더 심각하게 우울한 느낌이 들었다. 삶의 원칙은 분명하지만, 그 원칙을 끌고 갈 힘이 부족해 보였다. 이대로 두면 무슨 일이 일어날 수도 있겠다 싶었던 나는 힘을 주고 싶은 마음에 내 책《생각 공부의 힘》과《사색이 자본이다》를 미리 정성껏 사인해서 준비한 후 배송하러 온 그에게 건네주었다. 평소 조금씩 소통을 했던 덕분인지 그는 "고맙습니다"라고 외치며 책을 받았고, 나는 다른 배송을 위해 뛰는 그에게 "시간이 없어도 꼭 읽어보세요"라고 외쳤다. 그런데 얼마 후 그는 더 이상 택배 배달을 오지 않았다.

'무슨 일이지?'

그가 걱정되었다. 며칠이 지나 그가 우체통에 넣어둔 편지로 그 이유와 그의 현재 상황을 알 수 있었다. 그는 불행을 이겨낼 힘을 얻었다며 "택배 배달로 당장 돈을 버는 것도 중요하지만, 정말 원하는 일을 하기 위해 잠시 자신만을 위한 시간을 보내기로 했다"고 썼다. 그리고 편지 마지막 부분에는 이런 글이 적혀 있었다.

"작가님의 책 내용도 좋았지만 사실 저에게 힘을 준 건, 작가님이 사인과 함께 써준 '당신의 열정적인 모습이 참 멋져요'라는 글이었습니다."

내가 쓴 한 줄을 읽으며 그는 이렇게 생각했다.

'모든 것을 다 잃은 나도 열정적일 수 있구나.'

그의 모습을 상상하니 내 눈에서도 눈물이 흘렀다. 한 사람이 다시 일어설 용기를 갖는다는 것, 그것만큼 귀한 일이 또 있을까? 그렇게 그는 다시 자기 삶을 시작하기로 했다. 그를 버티게 한 건 내가 쓴 한 문장이었다.

나는 최근 마련한 '김종원 갤러리'에서 가끔 찾아오시는 분들을 상대로 '부모 교육'과 '글쓰기 교육'에 대한 조언을 하고 있다. 내가 바쁘지만 갤러리를 시작한 이유가 바로 거기에 있다.

"아파하는 분들의 일상을 빛내고 싶다."

오픈하기 전부터 나는 수많은 응원과 축하를 받았다. 그런데 사실 나는 나 자신을 위해서가 아니라 아파하고 힘들어하는 분들의 꿈을 응원하고, 뜨겁게 살아 있는 순간을 축하해주기 위해 갤러리를 시작했다. 응원과 축하를 받아야 할 사람은 바로 그들이다. 내 작은 응원에 힘을 내고 다시 시작할 용기를 낼 그분들의 얼굴을 생각하면 행복하고, 또 행복하다.

스스로 빛나는 삶이 아닌 누군가를 빛내는 삶을 꿈꾸며 살고 싶다. 그건 인간만이 누릴 수 있는 삶의 기쁨이니까. "내게는 누군가를 빛낼 기회가 없다"고 말하는 사람이 있다면 이렇게 말하고 싶다.

"그대의 집을 방문하는 수많은 사람들이 그대에게 기회다. 조금만 손을 뻗으면 그대의 집을 스쳐 지나가는 모든 사람들을 기회로 만들 수 있다. 기회는 공기와 같다. 늘 우리와 함께 살며 숨을 쉬고 있다. 그저 발견하라."

"당신의 열정적인 모습이 참 좋아요"라는 나의 말은 자살을 고민했던 그의 생각을 막고, 희망을 꿈꾸게 했다. 사는 게 정말 힘들지만 내가 추구하는 삶을 포기할 수 없어 방황할 때 누군가 정성을 담아 힘이 되는 말을 해준다면 기분이 어떨까?

세상에 좋은 말은 많다. 하지만 제때 정성을 다해 진하지 않으면 소용이 없다. 때에 맞게 적절한 말을 하는 사람이 되려면 어떻게 해야 할까? 좋은 방법이 하나 있다.

"진짜가 되어야 한다."

어떤 사람들은 말한다.

"당신이 무언가 대단한 것을 성취하지 않아도, 그리고 남들처럼 엄청나게 노력하지 않고 살아도 그저 살아 있다는 것만으로 축하한다고 말하고 싶어요."

정말 좋은 말이다. 누구나 살아 있다는 것만으로 축하를 받아 마땅하다. 생명은 무엇보다 귀하니까. 다만 누가 그 말을 했는지는 확인해야 한다. 세상은 아무에게나 그런 말을 할 자격을 주지는 않기 때문이다. 그들은 자신이 한 말과 정반대의 삶을 살았을 가능성이 높다.

"나는 다른 사람들보다 대단한 것을 성취하기 위해 살았다. 당연히 남들보다 더 많이 지독할 정도로 노력해야 했고, 오직 이길 때에만 살아 있다는 기쁨을 느꼈다."

이런 경우를 '입만 살았다'고 표현한다. 권력을 잡기 위해, 인기를 얻기 위해, 돈을 벌기 위해 사람들은 거침없이 자신이 경험하기 싫은 말을 내뱉는다. 정작 자신은 모든 이득을 손에 다 쥐고 있으면서 사람들에게는 손을 펴고 자기만의 삶을 살라고 한다.

내가 쓴 한 줄의 글로 자기 삶을 찾아 떠난 그 청년의 미래가 어떻게 변했을지 나도 알 수 없다. 다만 분명한 것은 그가 내 마음을 느꼈다는 사실이다. 마음으로 나눈 대화는 영원히 서로의 삶에 강력한 힘을 준다. 누구나 말은 할 수 있지만, 상대의 마음에 들어갈 자격은 쉽게 주어지지 않는다. 오직 삶에서 나온 말만이 그 자격을 얻을 수 있다.

돈과 권력을 향한 마음이 말이 되어 나올 때에는 서둘러 그 자리에서 벗어나야 한다. 한편 생각이 글이 되어 나올 때에는 영감을 글로 연결하는 그 사람의 멋진 표현력을 배울 수 있다. 그리고 마침내 삶을 통과한 글과 말을 접할 때에는 온몸으로 그의 전부를 받아들이며 하나가 될 수 있다.

"나는 말을 믿지 않는다.
오직 살아 있는 삶을 믿는다.
삶이 글이 되어 나올 때 나의 세계는 전율한다."

태도의 합이
삶의 수준을 결정한다

편의점 아르바이트를 하다 보면 구입한 음식이 상한 것 같다고 항의하는 사람들을 자주 만나게 된다. 문제는 그들이 그냥 "이거 상했네요"라고 말하는 게 아니라 "이거 네가 한번 먹어봐! 그래야 상했는지 아닌지 알지!"라고 다짜고짜 소리친다는 것이다. 당해본 적 있는 사람은 안다. 내가 그 상황을 왜 '당했다!'라고 표현하는지.

그들은 상대의 표정이나 반응은 전혀 고려하지 않고 일단 자기의 생각을 모두 내뱉는다. 그리고 또 이렇게 자기 할 말만 한다.

"아니, 손님이 먹으라면 먹어야지! 상한 걸 팔고도 이렇게 당당할 수 있는 거야?"

내가 아무리 "정말 죄송합니다, 손님. 유통기한이 아직 많이 남아 있어서 상한 줄 몰랐습니다. 앞으로 더욱 주의하겠습니다. 그리고 환불이나 교환을 원하시면 그렇게 처리하겠습니다"라고 말해도 소용없다. 그들은 또 "내가 지금 이까짓 거 환불받으려고 이러는 줄 알아? 먹으라니까!"라고 말하며 주장을 굽히지 않는다. 그런데 그렇게 말하는 사람들의 말버릇과 한숨 쉬는 빈도, 자주 어울려 오는 사람, 나누는 이야기를 종합해보면 대개 그들이 종업원을 무시하며 일방적으로 무례하게 대하는 것처럼 그들의 삶도 그들을 무례하게 대하는 것을 알 수 있다. 내가 세상을 무례하게 대하면 세상도 나를 무례하게 대한다. 그건 누구도 바꿀 수 없는 태도의 제1원칙이다.

손님은 왕일 수도, 아닐 수도 있다. 종업원을 존중하는 태도를 보였을 때 손님은 왕이 될 수 있다. 반대로 종업원을 노예처럼 대했을 때 손님은 왕이 될 수 없다. 종업원을 존중할 때 그는 왕이 될 수 있고, 세상도 같은 대우를 해준다.

또 종업원의 태도에 문제가 있을 때도 있다. 하루는 동대문에 있는 백반집에서 식사를 한 적이 있다. 30년 넘게 같은 자리에서 백반을 파는 식당이었는데, 놀랍게도 반찬에서 담배가 나왔다. 그것도 누군가 태운 꽁초였다. 놀란 나는 조용히 종업원을 불러 반찬에서 나온 꽁초를 보여줬다. 그랬더니 종업원은 별것 아닌 일로 내가 불렀다는 표정을 지으며 손으로 꽁초를 집어 쓰레기통에 넣더니 모든 것

"세상에 저절로 일어나는 일은 없다.
언제나 사소한 태도에서 모든 거대한 결과가 시작된다."

이 해결되었다는 듯 유유히 사라졌다. 나는 그와 말이 통하지 않을 거라고 생각하고 돈을 낸 후 그냥 식당을 나왔다.

말이 통하지 않는 태도로 사는 사람은 말로 설명할 수 없을 정도로 암울한 인생을 살게 된다. 내가 보낼 인생은 결국 내가 보인 태도의 합으로 결정되기 때문이다. 지금 당신이 암울한 삶을 보내고 있다면 일상을 대하는 작은 태도를 확인해볼 필요가 있다. 세상에 저절로 일어나는 일은 없다. 언제나 사소한 태도에서 모든 거대한 결과가 시작된다.

이를 테면 태도는 내가 앞으로 살아갈 내일을 보여주는 '미리보기'와 같다. 생각만 해도 근사한 내일을 맞이하고 싶다면 지금 그대 앞에 서 있는 사람을 근사한 태도로 대하라.

"일상을 대하는 사소한 삶의 태도에 신경을 쓰자.
이는 나의 내일을 예고하는 결정적인 증거다."

층간 소음을 이긴
배려의 한마디

한 아파트 15층에 뛰는 것을 좋아하는 아이가 살고 있었다. 하루는 14층에 사는 중년 남성이 찾아왔다. 층간 소음 문제 때문이었다. 15층에 사는 아이의 어머니는 긴장했다. '저 남자가 막 쏘아붙이면 어쩌지?'라고 걱정하면서 현명하게 대응할 온갖 방법을 생각하며 문을 열었다. 그런데 그 남자의 표정은 성난 모습이 아니었다. 오히려 온화했고, 미소까지 지으며 이렇게 말했다.

"우리 딸이 지금 고2입니다. 딸아이에게는 꿈이 있습니다. 원하는 대학에 가서 열심히 공부하고, 하고 싶은 일을 하는 거죠. 저는 사랑하는 딸아이의 꿈을 꼭 이루게 해주고 싶습니다. 제 마음을 조금만 알아주시면 감사하겠습니다."

"아, 꿈이라니……"

예상치 못했던 말에 아이의 어머니는 당황했다. 그리고 이내 마음이 따뜻해졌다. "정말 죄송합니다"라는 말과 함께 엄마는 아이에게 주의를 줬다. 하지만 소음은 사라지지 않았다. 아무리 말을 해도 거실에서 뛰는 아이의 습관은 바뀌지 않았다. 그래서 그녀는 쉽게 할 수 없는 놀라운 결정을 했다. 큰 손해를 보며 같은 아파트 1층으로 이사를 한 것이다.

나는 이 이야기를 듣고 눈물이 났다. 층간 소음으로 싸우기도 하고 생명까지 위협하는 현실에서 딸의 꿈을 말하며 정중하게 부탁하는 아버지의 소중한 마음과, 그 부탁에 감동해 큰 손해를 감수하면서 1층으로 이사한 어머니의 아름다운 행동을 보며 이 세상이 분명 조금 더 아름다워질 수 있을 거라는 아주 강력한 믿음이 생겼다.

사람들은 묻는다.

"어떻게 하면 상대를 배려하는 말을 할 수 있나요?"

사실 쉬운 문제는 아니다. 배려하는 마음은 갑자기 튀어나오거나 배운다고 생기는 것이 아니기 때문이다. 하지만 방법은 있다. 이 경우 나는 이렇게 조언한다.

"상황을 '좋다, 나쁘다'로 판단하지 마세요."

'좋다'는 표현의 반대말을 물으면 아마 누구라도 금방 '나쁘다'

라고 대답할 것이다. 이처럼 반대말이 바로 연상되는 단어는 자주 사용하지 않는 것이 좋다. 그런 표현은 상대에게 무의식적으로 반대의 표현을 연상시키기 때문이나. 셰나가 "그선 참 좋은네, 이선 나쁜 느낌이 들어"와 같은 표현을 자신도 모르게 하게 된다.

배려는 상대를 존중하는 마음에서 나온다. 상대를 배려하는 말을 하고 싶다면 반대말이 잘 떠오르지 않거나 딱히 반대말이 없는 표현을 사용해보자. '근사하다', '훌륭하다', '우아하다', '기품이 넘친다' 등의 표현은 그 의미가 매우 긍정적인 동시에 딱히 반대말이 바로 떠오르지 않는다. 게다가 일반적으로 사용하는 표현보다 몇 단계 위에 있는 고상한 표현이라는 느낌도 들고 말하는 사람도, 듣는 사람도 기분이 좋아져 깊은 배려를 받고 있다는 생각이 들게 한다.

"세상에 해결할 수 없는 문제는 없다.
마음은 배려한 만큼 넓어지고,
사랑한 만큼 아름다워진다.
배려와 사랑이 그 사람의 마음을 결정한다."

아프다면
아픈 거다

　넘어져 생긴 작은 상처에 아파 우는 사람을 만나면 당신은 어떤 말을 들려줄 것 같은가?

　'작은 상처니까 조금만 참으라고 하면 되겠지?'

　당신의 그 속마음에 당신이 아픈 사람을 바라보는 모든 단서가 있다. 그의 상처를 바라보는 당신의 생각과 '작은 상처'라는 표현에서 그 방향을 찾을 수 있기 때문이다. 하지만 상처받은 사람의 입장에서 보면 세상에 작은 상처는 없다. 다시 말하자면 그가 아프다면 아픈 거다.

　"에이, 그건 약과야. 좀 참아라. 나는 더 심하게 넘어진 적도 있었는데 잘 참았어."

이런 식의 말은 상황을 더욱 어색하게 만들 뿐이다. 상대가 듣고 싶은 이야기는 과거의 어느 순간 아팠던 당신의 기억이 아니라 지금 아픈 자신의 몸에 대한 따뜻한 위로다.

타인이 느끼는 아픔의 기준을 자기 기준에 맞춰서 재단하거나 깎아내리지 마라. 그가 아프다면 아픈 거다. 우리는 그저 "아파서 어떡하니, 많이 아프지?"라는 말과 함께 따뜻하게 손만 잡아주면 그만이다.

쉽게 이해할 수 없다면 이런 상황을 상상해보라. 머리카락을 길러본 여성이라면 알 것이다. 단발에서 긴 머리로 스타일을 바꾸기 위해서는 매우 긴 시간 애매한 머리카락 길이를 유지해야 한다. 그 시간을 견디기가 참 힘들다. 그래서 중간에 포기하고 다시 단발로 돌아가는 경우도 있다. 모두의 상황이 다 다르고, 머리카락의 길이도 다 다르다. 하지만 중간에 힘들어하며 고통받는 것은 같다.

아픔의 길이를 비교하거나 상처의 깊이를 측정하지 말자. 아픈 사람은 위로받아야 한다. 아프다면 아픈 거니까.

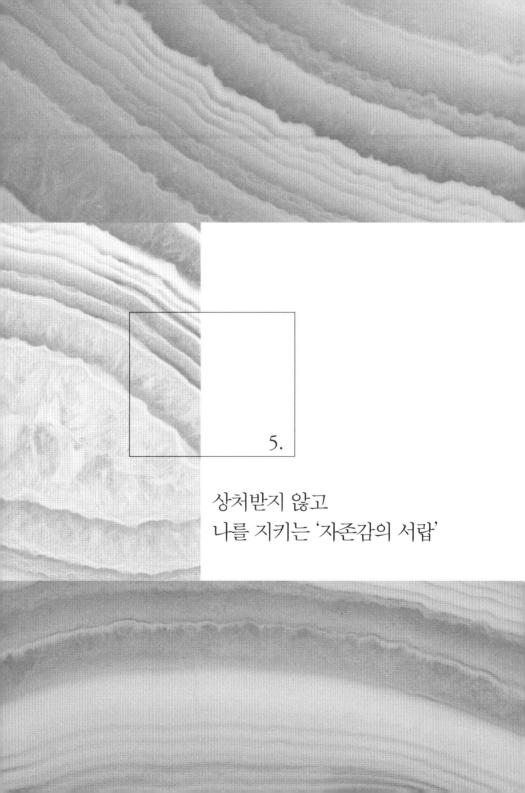

5.

상처받지 않고
나를 지키는 '자존감의 서랍'

말의 서랍을 풍성하게 하는
마음 수련

간혹 어떤 사람을 보면 이런 생각이 들 때가 있다.

'저 사람은 내게 왜 이렇게 무례한 걸까?'

'도대체 왜 그렇게 큰 소리로 말하는 걸까?'

자신이 어떻게 말하고 행동하는지 잘 모른 채 타인에게 고통을 주는 사람들이 있다. 그들은 분명 우리에게 피해를 준다. 그런데 분명히 짚고 넘어가야 할 게 하나 있다. 그런 사람이 한둘이 아니라면? 주변에 당신에게 화를 내는 사람, 크게 소리를 지르는 사람이 유난히 많다면 그들이 아닌 자기 자신을 돌아봐야 한다. 그런 경우 대개 당신은 상대가 화를 내면 그제야 그의 이야기를 들어주고, 소리를 질러야 슬슬 움직이는 사람일 가능성이 높다. 당신 주변에 크게 소리 지르며 화를 내는 사람이 많다면 사람들은 당신이 그래야 움직이는 사람이라고 생각할 가능성이 높다.

충격적인 이야기일 수도 있다. 하지만 세상에 한쪽에게만 책임이 있는 경우는 없고, 같은 일이 반복된다면 자신에게도 문제가 있다는 증거다. 어떤 문제보다 더 중요한 것은 상대를 통해 나를 발견하는 것이다. 만약 변화하고 싶다면 다음의 세 가지를 명심하라.

먼저 자신을 똑바로 바라보라

나를 잘 아는 사람만이 나를 변화시킬 수 있다. 상대가 평소처럼 내게 소리를 지르고 분노하고 있다면 그 상황에서 벗어나 자신의 현재를 돌아보라. '왜 그가 내게 소리를 지를까?', '내가 어떤 말을 했지?', '내 말이 그의 어떤 부분을 자극한 걸까?' 등의 질문을 하며 자신을 똑바로 바라보기 위해 노력해야 한다.

세상에서 가장 만나기 어려운 사람은 대통령도, 대기업 대표도 아닌 자기 자신이다. 자신을 똑바로 보기 위해서는 많은 노력이 필요하다. 자신이 똑바로 보일 때까지 질문을 계속하라.

듣기만 해보자

상대가 내게 소리를 지르고 화를 낸다면 내 반응에 화가 났을 가능성이 50% 이상이다. 귀 기울여 잘 들어야 상대의 마음을 발견할 수 있고, 잘 말할 수 있다. 눈을 바라보며 아무리 많은 말을 해도 듣는 것은 상대의 마음이다. 귀가 아니라 마음이 알아들을 수 있는 언어로 말해야 한다. 스스로 생각하기에도 심하다 싶을 정도로 듣기만 해보자. 단, 둘이서만 있는 경우 듣기만 하면 상대가 자신을 무시한다고 생각할 수도 있으므로 가급적 세 명 이상이 모인 자리에서 시도해보자. 참고 듣고 견디면 그간 보이지 않았던 상대의 마음이 조금씩 보이기 시작할 것이다.

바꾼 말과 행동을 일주일만 유지하자

상대의 마음이 보이면 이제는 마음을 향해 이야기하면 된다. 이때 당신은 매우 놀라운 경험을 하게 될 것이다. 세상에는 변하지 않는 진리가 하나 있는데, '나의 반응이 바뀌면 나를 향한 상대의 말과 행동도 바뀐다'는 사실이다. 이것은 그간 당신이 상대의 큰 소리와 화난 모습만 목격한 이유이기도 하다. 소리를 질러야 말을 듣고, 화를 내야 고개를 돌리는 사람에게는 그렇게 행동할 수밖에 없다.

이제 당신은 달라진 상대의 말과 행동을 목격하게 될 것이다. 당신이 그의 마음을 향해 상냥하게 말하는 것처럼 상대도 당신에게 부드럽게 말하고 화도 내지 않을 것이다. 다만 버릇은 쉽게 고치기 어렵다. 자신을 바라보며 상대의 말을 더 많이 듣겠다는 그 원칙을 일주일만 지켜보자. 일주일 후에는 마음대로 해도 괜찮다. 그 이유는 간단하다. 일주일 후 변화를 경험하며 스스로 "평생 이렇게 살아야겠다!"는 다짐을 하게 될 테니까.

우리는 자기 자신을 잘 모른다. 이유가 뭘까? 그것은 바로 교육 때문이다. 어릴 때부터 우리가 가장 자주 풀었던 문제는 타인의 의도를 파악하는 것이었다. 출제자의 의도를 파악하고, 작가의 의도를 파악하는 문제가 대부분이었다. 작가의 글을 읽은 후 내면의 변화와 생각을 정리하는 게 가장 중요하지만 세상은 자꾸만 남의 생각을 먼저 알아보라고 강요했다. 그래서 우리는 아무리 많이 배워도 자신의 마음을 파악하는 일에 늘 서툴다. 나를 모르는 상태에서 타인을 제어하려고 하기 때문이다. 대화도 마찬가지다. 우선 나를 알아야 한다.

"자신을 바라보라. 세상이 다시 보일 것이다."

내 삶을
특별하게 만드는 표현법

"이제는 정말 평범한 삶으로 돌아가고 싶습니다."

인기 연예인이나 기업인, 정치인 등 스스로 공인이라고 생각하는 사람들이 은퇴나 활동 중단을 선언할 때 늘 하는 말이다. 이 말을 눈여겨볼 필요가 있다. 그 사람의 모든 문제는 그가 내뱉는 말에 모두 담겨 있기 때문이다. 말에는 그 사람이 저지른 일에 대한 모든 증거가 담겨 있다. 평범한 삶으로 돌아가고 싶다는 그들의 하소연도, 마찬가지로 그들이 내뱉은 말에 모든 문제와 해답이 녹아 있다.

그들의 모든 문제는 '지금 나의 삶은 특별하다'고 여기는 마음에서 시작된다. 그들은 연예인이나 기업인, 정치인으로서의 삶을 스스로 특별하다고 생각하며 산 사람들이다. 그래서 모든 것을 바쳐 그것을 이루기 위해 분투했고, 그 결과 지금의 위치에 오를 수 있었을 것이다.

그렇다면 왜 그들이 특권의식을 갖게 되었을까? 답은 간단하다. 그것을 갖기 위해 그 자리에 올랐기 때문이다. 모든 문제는 거기에서 시작된다. 다시 말해 모든 해답도 거기에 있다. '나는 특권을 누릴 수 있는 사람이다'라는 마음을 바꾸면 연예인의 삶을 자유롭고 기쁘게 즐길 수 있다.

어떤 분야에서 포기하지 않고 무언가를 성취한 사람들은 자신의 상황을 '특별하다'와 '평범하다'로 구분하지 않는다는 공통점이 있다. 그들은 보통 사람들이 쉽게 빠질 수 있는 나쁜 선택을 하지 않을 수 있고, 우울한 감정에도 빠지지 않을 수 있다. 동시에 환경의 변화에 영향을 받지 않고 자존감도 지킬 수 있다.

'평범한 삶'이라는 단어를 머릿속에서 지우자. '학생의 삶', '주부의 삶', '직장인의 삶' 등 구체적으로 자신의 삶을 표현하자. 그리고 모두가 특별한 나만의 삶이라 생각하자. 특권의식에서 벗어나야 몸과 마음이 자유를 얻을 수 있다.

어떤 상황에서도 길을 잃지 않고 사는 사람들은 충고한다.

"특별할 것도, 평범할 것도 없다. 내가 하는 일은 특별한 일이 아니고, 내가 선택한 일을 특별한 마음으로 할 뿐이다."

관점의 차이는 매우 중요하다. 관점의 차이가 그 일에 임하는 태도를 결정하기 때문이다.

자신이 특별하다고 생각하다 보니 특혜를 요구하고, 평범한 사람들을 을이라고 여기게 되는 것이다. 그러다 특혜를 받지 못하고 확실한 갑의 삶을 살지 못한다고 생각되면 스스로 자존감을 잃고 불안해한다. 그것은 그의 인성 때문이 아니라 사소한 표현의 문제 때문에 형성된 관점이다.

특별한 마음을 갖기 위해서는 모든 사소한 표현에 정성을 담는 연습을 해야 한다. 의미 없는 'ㅎㅎ, ㅋㅋ'와 '……'과 같은 말줄임표를 반복하며 성의 없는 표현만 하는 사람들은 '모든 일을 쉽게 생각한다'는 공통점이 있다. 그들은 모든 일을 오래 생각하지 않는다. 동시에 모든 사람들을 가볍게 대한다. 물론 "저는 최대한 많이 생각하고 표현합니다"라고 반박할 수도 있다. 하지만 분명한 것은, 말과 글은 그것을 읽고 듣는 사람의 몫이라는 사실이다. 특별한 마음을 갖기 위해 오래 생각하고, 세상과 사람을 더 많이 사랑하는 사람은 의미 없는 표현을 모두 의미 있게 바꾸려고 노력한다.

"더 많이 생각하고, 더 뜨겁게 사랑하자.
그 마음이 그대의 하루를 특별하게 만들어줄 것이다."

상처 주는 말에서
벗어나는 마음 탈출법

　　　　　말로 주는 상처는 쉽게 지워지지 않는다. 간혹 '실망'이라는 감정을 들먹이며 우리의 마음을 아프게 하는 사람들이 있다.

　　"너 그렇게 안 봤는데, 정말 실망이야."

　　이런 식의 말에 상처받은 적이 있다면 이제 더는 그럴 필요가 없다. 그들의 표현을 하나하나 뜯어보면 결국 모든 실망은 그들의 이기심과 욕심을 대변할 뿐이기 때문이다.

　　그들은 당신을 '그렇게'라는 고정관념으로 판단해서 '안 봤는데'라고 확언에, 확신까지 했다. 두 개의 표현을 연결해서 정리하면 "내 말을 잘 들을 거라고 생각했는데, 생각보다 자기주장이 강하네!"라는 의미일 수도 있고, "내가 예상한 성격이 아니라 난감하네!"라는 말일 수도 있다.

"그렇게 안 봤는데, 실망이다"라는 표현은 결국 그렇게 보고 판단한 사람의 잘못을 증명한다. 자기 마음대로 판단하고, 생각과 다르다고 실망했다는 것은 당당하게 밝힐 일이 아니라 숨겨야 할 부끄러운 일이다.

상대를 판단한다는 것은 결국 이해관계를 따지는 행위다.

'저 사람과의 만남이 내게 도움이 될까?'

'내가 손해를 보는 건 아닐까?'

'내 명예에 먹칠을 하는 건 아닐까?'

사람을 만나면서 판단을 아예 안 할 수는 없겠지만, 주변을 좋은 사람으로 채우고 싶다면 최소한 '그렇게 안 봤는데, 실망이야'라는 생각은 하지 않고, 사람 그 자체만 보고 관계를 이어가는 사람을 만나도록 하자.

세상 모든 사람들이 내게 좋은 사람일 수는 없다. 좋은 사람이란 사람에 따라 다르게 느껴지는 것이기 때문이다. 분명 내게만 좋은 사람이 존재한다. 그런 사람을 발견해서 우리 일상에 가득 채우면 인생에서 느끼는 행복도 몇 배로 불어난다.

"너를 만나면 참 기분이 좋아."

"늘 좋은 일이 생겨, 너만 만나면."

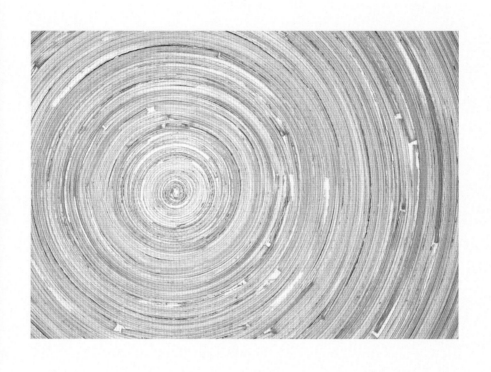

"주변을 좋은 사람으로 가득 채우는 일은
세상에서 가장 근사한 자연을 배경으로 두는 것과 같다. "

이런 말을 자주 하는 사람을 만나는 게 좋다. 속으로 물질적인 이익을 바라지 않는 사람은 언제나 누군가를 만나 그 느낌을 표현할 때 좋은 기분과 마음에 접속해 자신의 현재 마음 상태를 말해주기 때문이다.

주변을 좋은 사람으로 가득 채우는 일은 세상에서 가장 근사한 자연을 배경으로 두는 것과 같다. 그들이 내게 들려주는 말은 초콜릿보다 달콤하고, 기품이 가득한 그 모습은 자연만큼 근사하니까.

서로가 서로에게 든든한 배경이 되어주는 것, 세상에 그것보다 귀한 일이 또 있을까?

"내게 좋은 사람을 자주 만나자.
생각만 해도 따스한 풍경으로 살자."

자존감을 높이는
상상 대화법

친하게 지내던 사람이 갑자기 승진을 하거나 좋은 성적으로 대학에 입학을 하거나 멋진 집과 자동차를 구매하면 대개 말로는 "축하한다"고 전하지만, 내면은 부러움과 질투로 어지러운 상태가 된다. 하지만 그것은 매우 잘못된 선택이다. 스스로 자신을 망치는 일이기 때문이다. 내면이 다치면 바로 자존감에 상처를 입는다.

사실 인간은 욕심을 버릴 수 없는 존재다. 태어나서 지금까지 살아온 것 자체가 욕심이 있다는 증거이기 때문이다. 생명으로 가득한 세상에서 생명을 유지하기 위해 어느 정도의 욕심이 필요한 것은 사실이다. 일단 무언가 부러울 만한 일이 생긴 사람 앞에서 진심을 담아 축하해주는 것은 쉬운 일이 아니라는 사실을 인정하자. 그래야 내면에서 올라오는 질투와 부러움이라는 감정을 쉽게 삭일 수 있다.

그 사람 앞에서 하지 못했다면 집에 돌아오는 길이나 혼자 있는 공간에서 안정을 취한 후 조용히 자신에게 이렇게 말하면 자존감을 높일 수 있다.

"그 사람 정말 대단하다."

"세상에, 얼마나 엄청난 노력을 했을까?"

"나도 이제 그 사람처럼 열심히 무언가를 하자."

최근에 나는 매우 인상적인 일을 경험했다. 얼마 전 제법 고가의 자동차를 하나 장만했는데, 그 사실을 가족 이외의 사람에게는 알리지 않았다. 괜한 부러움과 질투를 사고 싶지 않아서였다. 유일하게 단 한 명에게 그 사실을 알렸는데, 그 이유는 내가 좋은 집을 사거나 좋은 차를 사면 그가 더 좋은 마음으로 응원해주고 함께 기뻐해줄 거라고 생각했기 때문이다.

예상한 대로 내가 차를 샀다고 하자 그는 정말 행복한 표정으로 "다행이다"라고 말했다. 요즘 내가 갤러리를 시작하면서 경제활동을 거의 하지 않아 걱정했는데, 좋은 차를 샀다는 소식에 마음이 놓인 것이었다. 그처럼 자존감이 높은 사람이 되기 위해서는 남의 좋은 점을 발견해서 칭찬할 여유를 갖고 있어야 한다. 누군가를 칭찬한다는 것은 그가 나보다 월등하다는 것이 아니라 그와 내가 동등한 인격을 가진 사람이라는 사실을 자기 내면에 강하게 말하는 것이라고 볼 수 있나.

누군가에게 좋은 일이 생기면 마음껏 축하해주자. 그것은 우리 내면에 하는 소리나 마찬가지다. 강력한 자존감을 가진 사람은 자신에게 일어난 기쁜 일을 자랑하는 사람 바로 앞에서 마치 그것이 자기 일인 것처럼 축하해준다. 축하할 일을 축하해줄 수 있다는 것, 그것은 비굴하거나 나약한 것이 아니라 서로가 동등한 인격과 재능을 가지고 있다는 것을 증명하는 행동이다.

늘 기억하자.

"질투와 부러움은 나약한 자존감을.
축하와 축복은 강한 자존감을 증명한다."

외로움을 극복하는
마음 처방법

학교에 들어가면 가장 먼저 배우는 것이 '친구와 사이좋게 지내기'다. 졸업 후 세상에 나와서도 마찬가지다.

"남을 먼저 생각해야 합니다."

"남과 좋은 관계를 유지해야 합니다."

요즘에는 초등학생들도 우울증으로 고생한다. 이유는 간단하다. 나보다 타인을 먼저 생각할 때 나를 괴롭히는 우울증이 시작된다. 요즘 사람들은 너무 이른 나이에, 너무 많이 상대를 의식하며 살고 있다. 내 삶이 망가진 상태에서도 남을 먼저 생각하고, 내 마음이 아프고 다친 날에도 남을 먼저 배려한다. 이렇듯 엇나간 삶에서 벗어나야 한다. 행복도, 사랑도, 기쁨도 내가 먼저가 되어야 한다.

타인의 사랑과 행복을 먼저 생각하며, 스스로 만족과 삶의 보람을 느끼는 것은 이 세상의 0.1%도 되지 않을 정도로 소수의 위대한 정신을 소유한 자만이 가능하다. 아프면 기댈 어깨가 필요하고, 넘어지면 아프냐고 말할 사람이 필요한, 보통의 의식 수준을 가진 우리는 사랑과 행복을 생각할 때 먼저 자기 자신을 떠올려야 한다.

가족과 사랑하는 사람을 생각하는 것도 물론 좋다. 하지만 시간이 지나면서 그들을 향한 믿음을 잃고 자신의 시간을 소비했다는 생각이 드는 어느 날, 후회의 눈물을 흘리며 자신을 사랑하고 행복하게 하는 데 더 많은 시간을 투자하지 못한 것을 후회할 것이다. 그땐 이미 깊은 우울증을 앓고 있을 때다.

많은 사람들이 이해할 수 없는 선택으로 엉뚱한 방향으로 걷거나 탈선한다. 그 이유가 뭘까? 물론 다양한 이유가 있을 것이다. 하지만 본질은 매우 간단하다.

'너무나 외롭다는 것.'

다른 감정은 사람들에게 공개적으로 말하며 자연스럽게 위로나 조언을 받을 수 있다. 하지만 외로운 감정은 성격이 조금 다르다. 직접적으로 말하기도 힘들고, 말하는 것만으로는 치유가 되지도 않는다. 오히려 나의 치부를 드러냈다는 생각에 마음이 불편해질 뿐이다.

나는 대가들의 삶을 분석한 끝에 그들이 수많은 불안과 외로움을 이겨낸 '마음 처방법'을 발견했다. 이를 일상에서 실천하면 외로움을 이겨내며 자신의 삶을 사는 데 도움이 될 것이다.

매일 자신에게 작은 선물 주기

나를 괴롭히는 최악의 외로움은 자신을 믿지 못하는 마음에서 시작된다. 자신을 믿지 못하면 결국 자기 자신이 불편하게 느껴지며 외로움이 극에 달한다. 스스로 자신의 가능성을 믿는다는 의미에서 매일 작은 선물을 줘라. 다이어트를 하는 중이라면 작은 과자나 초콜릿을, 직장인이나 주부인 경우에는 짧은 휴식을 선물로 줘라.

"작은 선물이 삶의 활력이 될 것이다."

나만의 장소를 만들어라

외로움은 자신을 망치는 감정이 아니다. 그대로 오랜 시간 방치하면 엄청난 비용을 치러야 하겠지만, 긍정적으로 이용하면 오히려 삶에 도움이 된다. 가장 좋은 방법은 나만의 장소를 만드는 것이다. 공간의 크기와 환경은 그리 중요하지 않다. '외로움을 이기는 장소'라고 이름 짓고, 그곳에서 당신을 외롭게 하는 감정에 몰입하라. 몰입은 당신이 외로운 이유를 알려줄 것이다. 노트를 하나 만들어서 그 답을 적고 그 순간의 기분과, 앞으로 어떤 생각과 행동으로 외로움을 이겨낼 것인지 방법을 간략하게 적는 것도 좋다. 이때 날짜도 함께 적자. 외로움의 방향을 예상할 수 있는 좋은 기록이 될 것이다.

"나만의 장소에서 외로움에 몰입하라."

결과를 생각하지 말자

무슨 일을 하든 결과만 생각하는 사람들이 있다. 그들은 원하는 결과를 얻고 순간적으로는 만족을 느낄 테지만, 장기적으로는 외로움을 느끼게 된다. 결과에는 사람이 존재하지 않기 때문이다. 반면 과정을 중요하게 생각하는 사람은 외롭지 않다. 반드시 서로의 성공을 기원하며 좋은 마음으로 돕는 이웃이 있기 때문이다. 그것이 바로 대가들이 일의 과정을 중시하는 이유다. 또한 그들은 기쁨과 슬픔을 함께 느끼기 때문에 중간에 지치거나 외로움에 빠지지 않는다.

"과정을 생각하는 자는 절대 혼자가 아니다."

자주 머무는 공간을 사랑하라

일을 마치고 집에 돌아와 불을 켜면 순간적으로 외롭다는 느낌이 든다. 차갑게 느껴지는 집 안의 모든 물건들에 온기를 불어넣어야 한다. "나는 혼자다"라고 중얼거리지 말고, '나는 여기에서 내가 사랑하는 것들과 함께 살고 있다'고 생각하자. 그대는 혼자가 아니다. 그대만을 위해 준비된 특별한 재능이 일상에 가득 존재하고, 그대가 머

무는 공간 역시 따뜻하게 그대를 안아주고 있다. 가장 끔찍한 빈곤
은 가난한 상태가 아니라 혼자라는 느낌에서 시작된다. 결코 혼자가
아님을 기억하자.

"그대는 늘 이 세상과 함께 존재한다."

누구나 결국은 혼자 남는다. 함께 일하며 일상을 나누다가도 모
든 일이 끝난 후에는 매일 혼자인 상태를 견뎌야 한다. 가장 중요한
것은 위에 제시한 네 가지 처방을 일상에서 실천하며 '삶의 목적'을
찾아야 한다는 것이다. 자신에게 물어보라.

"내겐 목숨을 걸 수 있는 일이 있는가?"

"살아 있는 동안 반드시 해야 할 일이 무엇인가?"

외롭다는 것은 다른 길을 걷는다는 증거이고, 다른 길을 걷는다
는 것은 삶의 목적이 있다는 증거다. 그대의 외로움을 반겨라. 그것
이 마지막 처방이다.

"자기 몫의 외로움을 사랑할 수 있는 자만이
주어진 삶을 근사하게 만들어나갈 수 있다."

강한 나를 만드는
자존감 수업

자존감이 약한 사람은 주로 이런 생각을 한다.

'착하게 말하고 행동하면 남들이 나를 쉽게 생각할 것 같고, 그렇다고 이기적으로 행동하면 남들이 뒤에서 욕할 것 같아 걱정이다.'

이들은 왜 혼자 고민하고, 혼자 아파할까? 이유는 간단하다. 그들이 말하는 '착하다'와 '이기적이다'는 겉으로 보이는 '말과 행동'이 아니라 그 말과 행동을 움직이는 '내면의 튼튼함'이 결정하는데 거기에 대한 절대적인 믿음이 부족하기 때문이다.

내면이 강한 사람은 '이게 착한 행동인가?', '이게 이기적인 행동인가?'라는 고민을 하지 않는다. 그런 것은 그다지 중요한 문제가 아니다. 여기서 이런 의문을 가질 필요가 있다.

'자존감과 자신감의 차이가 뭘까?'

이 둘은 비슷한 말처럼 보이지만, 사실 전혀 다르다. 근원 자체가 다르기 때문이다. 자신감은 세상이 주는 힘이고, 자존감은 자기 자신이 주는 힘이다. 그래서 내면이 약한 사람은 자신감에 의지하며, 내면이 강한 사람은 강한 자존감 그 자체가 삶을 뒷받침한다.

스스로 자존감이 부족하다고 생각한다면 앞으로 무슨 말이나 행동을 할 때 '남들이 보기에 이상하지 않을까?'라는 질문이 아닌 '이것이 나의 내면이 원하는 것인가?'라는 질문으로 자기 자신에게 자존감을 회복할 기회를 줘야 한다.

내면에 집중하게 할 만한 질문을 찾아 자신에게 반복적으로 들려주자. 인생의 수준을 결정하는 자존감의 강도는 '자신에게 얼마나 많은 기회를 주느냐'에 따라 결정된다. 자존감은 겉으로 보이는 행동과 말이 아닌 나만 알 수 있는 내면에 집중할 때 강해진다.

"세상의 칭찬에서 멀어져라.
내면의 소리가 들리기 시작할 것이다.
세상이 평가하는 수치로부터 멀어져라.
내면의 만족과 행복의 크기가 커질 것이다."

무너지지 않는
자존감을 완성하는 내면의 준비

기다란 가지 끝에 아슬아슬하게 서 있는 잠자리에게 묻는다.

"너무 좁지 않니? 우리 조금 더 넓은 곳으로 갈까?"

잠자리는 웃으며 이렇게 답한다.

"아니, 나는 지금도 충분히 행복해. 지금 이 자리를 사랑하니까."

인생을 사랑하는 자에게는 인생 하나면 충분하다. 하지만 인생 하나로 충분하지 않은 사람은 돈과 지위, 명예를 찾는다. 그리고 방향을 잃고 방황한다. 그것을 손에 넣기 위해 수많은 사람들을 비난하고, 순진한 얼굴로 야비한 나날을 보내기도 한다. 그러나 많은 세월이 흐른 후 그들은 결국 삶이 원하는 내면으로 돌아가 사랑하는 인생 하나면 충분하다는 사실을 깨닫는다. 사랑하는 사람에게는 무엇도 필요가 없다, 사랑 하나만으로 이미 모든 것을 가졌으니까. 사랑으로 살아갈 준비를 마쳤다면 이제 타인의 마음에 귀를 기울이자.

타인의 마음을 그의 입장에서 듣고, 내 일처럼 이해한다는 것은 참 어려운 일이다. 그래서 성장도, 성취도 어렵다.

모든 일의 대가는 말한다.

"우리가 하는 일은 모두 다르지만, 그 안에 언제나 사람이 있다는 사실은 같다."

내가 창조한 무언가를 세상에 전하려면 하나의 삶과 인생을 조금이라도 더 알아야 한다. 나는 제대로 감정이입을 하기 위해 말하기보다는 그의 마음에 다가가서 들으려고 하고, 그의 일을 내 일상에 연결한다. 이 모든 것을 제대로 해내기 위해서는 그의 이별 이야기에 내 가장 소중한 사람을, 그의 창업 이야기에 내 통장에 있는 돈을, 중요한 선택을 앞둔 그의 상황에 내 인생을, 그렇게 그의 것이 아닌 나의 것을 걸고 생각해야 한다. 노후 자금을 모두 걸고 창업을 시작한 사람에게 조언을 하거나 투자할 것들을 제안하기는 쉽지만 그 자금이 모두 내 돈이라면, 내가 시작하는 창업이라면 머리가 복잡해져서 아마 "잠깐 스톱!"을 외치고 깊은 사색에 잠길 것이다.

"세상은 쉽고, 나는 어렵다. 먼 훗날은 쉽지만, 오늘은 어렵다. 모르는 사람의 인생은 쉽지만, 내 삶은 어렵다."

이 명제를 바꿔야 한다. 세상과 먼 훗날, 그리고 모르는 사람을 어렵게 생각해야 한다. 그래야 나를 바꾸고, 새로운 날을 꿈꿀 수 있다. 한 사람을 이해하고, 한 세상을 사랑할 수 있다. 그렇게 한 사람을 이해할 수 있게 되었다면 이제는 마음을 담자. 사람은 아는 만큼만 볼 수 있다. 내가 같은 이야기를 해도 누군가는 흠을 지적하고, 누군가는 가치를 본다. 흠은 누구에게나 보이지만, 가치는 귀해서 그것을 알아보는 자에게만 자신을 허락한다.

당신의 마음을 담았다면 세상의 비난에 흔들리지 마라. 그들은 당신의 일에 깃든 가치를 발견할 수준이 되지 않을 뿐이다. 내 말과 행동을 바꾸면 상대의 반응이 바뀐다. 내면도 마찬가지다. 내가 자주 하는 말과 행동을 바꾸면 거기에 맞게 내면도 바뀐다.

오늘 내가 함께 살고 있는 나의 내면은 어제까지 내가 한 말과 행동의 합이다.

"나는 내가 만든다."

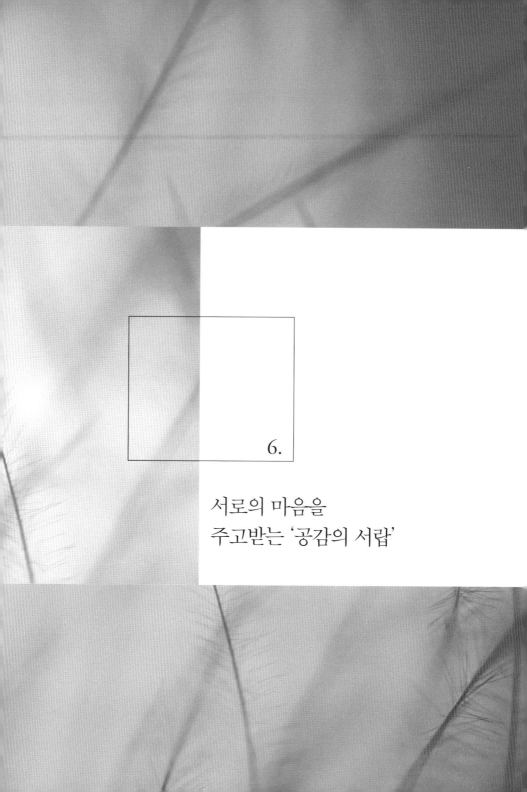

6.

서로의 마음을
주고받는 '공감의 서랍'

마음을 얻는 말은
어디에서 시작하는가?

세상에는 우리에게 인사이트를 주는 글이 많다.

- 국제 인권 프레임워크의 구성
- 4차 산업혁명에 대한 예술적 관점
- 적층가공과 3D 프린팅의 미래

각종 글의 제목만 뽑았다. 느낌이 어떤가? 그 분야의 전문가가 아니라면 이 제목을 보고 주제에 공감하기 힘들다. 분명 특별한 인사이트를 주는 글이 숨어 있을 거라는 확신은 들지만, 사람의 마음을 얻을 수 있을 정도로 감동적인 글이 나올 것 같지는 않다.

풀어야 할 문제가 생기면 자꾸 묻자.

"그 이유가 뭘까?"

사람들은 대개 이런 방식으로 쓴 글에 공감한다.

- 내가 하는 일이 옳다는 것을 확인시켜주는 글을 읽을 때
- 내가 원칙처럼 가슴에 품은 생각이 옳다는 글을 읽을 때

베스트셀러가 된 작품 수가 작가의 모든 역량을 말해주는 것은 아니지만, 공감의 측면에서 판단했을 때 출간하는 책마다 베스트셀러를 기록하는 작가들의 공통점은 독자가 무엇을 원하는지 매우 정확하게 알고 제대로 표현한다는 데 있다. 주제가 아무리 좋아도, 문체가 훌륭해도 공감의 통로로 접근하지 않으면 사람의 마음을 얻기 힘들다.

그럼 이제 글에서 말로 주제를 바꿔보자. 우리는 어떤 말에 진심으로 공감할까? 답은 이미 나왔다.

- 내가 하는 일이 옳다는 것을 확인시켜주는 말을 들을 때
- 내가 원칙처럼 가슴에 품은 생각이 옳다는 말을 들을 때

섬세한 표현도 매우 중요하다. 표현은 마음을 담는 그릇이기 때

문이다.

"너 표현이 좀 심한 거 아니야?"

"그런 표현은 좀 아닌 것 같은데."

대화를 나누다 보면 이런 식의 응수를 자주 듣거나 하게 되는 사람이 있다. 상황상 분명히 내게 좋은 뜻으로 말했을 텐데, 이상하게 듣고 있으면 기분 나빠지게 말하는 사람이 있다. 같은 말도 표현에 따라 전혀 다르게 전달된다. 마음을 제대로 전하고 싶다면 표현도 제대로 해야 한다.

지식을 전달하는 것도 물론 중요하다. 하지만 상대의 마음을 얻기 위한 자리에서는 지식보다 상대가 하는 일이 옳고, 상대의 생각이 옳다는 뜻을 전달하려고 노력하는 것이 좋다. 당신이 어떤 일을 하는 사람이든 상대의 마음을 얻는 게 우선이기 때문이다. 마음의 문을 열지 않으면 부의 수준을 바꿀 귀한 보석도, 삶의 수준을 끌어올릴 화려한 가구도 그 안에 들어갈 수 없다. 그것이 바로 지금까지 당신이 귀한 지식과 인사이트를 갖고 있지만, 그것을 상대에게 전하지 못한 가장 큰 이유다.

"지식의 전문가가 되었다면
이제 그것을 전달할 수 있는 마음의 전문가가 되어야 한다."

상대의 공감을 이끌어내는
'감정의 단서' 찾는 법

언젠가 러시아 방송에 이제는 귀화해 러시아 국가대표 소속이 된, 대한민국 출신의 쇼트트랙 선수 빅토르 안이 나왔다. 귀화를 신청한 지 얼마 지나지 않은 시점이라, 화면에 보이는 그의 표정에서는 낯선 환경에 적응하지 못해 불안해하는 느낌이 고스란히 전해졌다. 하지만 진행자가 던진 한마디에 그의 얼굴에는 생기가 돌았고, 이내 외침에 가까울 정도로 자신감 가득한 목소리로 답하기 시작했다. 그의 태도를 바꾼 마법의 한마디는 매우 단순하지만 상대를 완벽하게 배려하는 표현이었다.

"당신은 러시아인 중에서 한국어를 가장 완벽하게 구사하는 사람이니까 우리가 특별히 당신을 위해 통역을 준비했습니다."

어떤 생각이 드는가?

보통의 진행자라면 아마 이렇게 말했을 것이다.

"당신이 한국인이라서 통역을 준비했습니다."

전자는 상대를 특별하게 생각하는 마음이, 후자는 상대를 형식적으로 대하는 마음이 느껴진다.

같은 상황이라도 다른 각도로 바라보면 공감을 이끌어낼 감정의 단서를 발견할 수 있다. 공감은 상황이 만들어주는 게 아니라 상황을 해석하는 그 사람의 시선이 만들어주는 것이다. 사실 많은 사람들이 공감을 이끌어내는 대화를 하지 못하는 이유는 감정의 단서를 발견하지 못하기 때문이지, 의도적으로 나쁘게 말하려는 마음을 갖고 있기 때문은 아니다.

눈을 바라보고 말하는 사람을 곁에 둬라. 그는 당신에게 진심을 전하는 방법을 알려줄 것이다. 당신이 말할 때 아무 말 없이 고개를 끄덕이며 '네 이야기 잘 듣고 있어'라고 조용히 표현해주는 사람을 곁에 둬라. 경청이 무엇인지 제대로 알게 될 것이다. 반대로 스스로 고개를 끄덕이며 말하는 사람을 조심하라. 그는 스스로 고개를 끄덕이며 '내 의견이 맞으니 나를 따르라'고 강요하는 사람이기 때문이다. 그는 당신에게 실천하지 않고 말로만 설득하려는 사람의 위험성을 알려줄 것이다.

말할 때 자꾸만 눈빛이 흔들리고 손가락을 가만히 두지 못하는 사람을 유심히 바라보라. 그는 아직 준비가 되지 않은 사람이 어떤 상황에 처했을 때 얼마나 당황하고 난처한 입장에 놓이게 되는지 알려줄 것이다.

사람의 마음을 편안하게 하는 표현은 기분도 좋게 하지만, 관계 속에서 쌓이기 쉬운 사소한 오해도 생기지 않게 하는 역할을 한다. 공감을 이끌어내는 대화는 단순히 아름다운 수식어를 여기저기에 붙이는 게 아니라 '상대방의 입장을 최대한 배려했음이 드러날 때' 진가를 발휘한다는 사실을 기억하자.

내 말이 아닌 상대의 말에 고개를 끄덕이는 사람에게는 배울 점이 있다. 감정의 단서는 상대의 마음에 공감하며 찾을 수 있다.

"사소한 움직임 하나하나 모두 포개 넣어서 말의 서랍을 가득 채우자."

상대의 마음을 여는 최고의 질문법

"어, 너도 봤지, 방금 지나간 거?"

차를 타고 가다가 신기한 광경이 나타나면 옆에 탄 사람에게 의견을 물으며 흔히 이렇게 말한다. 하지만 언제나 같은 마음을 공유하는 데 실패한다. 이유는 간단하다. '같은 풍경을 바라보지 못했기 때문'이다.

커피를 끓이는데 누가 들어오면 자연스럽게 "커피 한잔 할래?"라고 묻게 된다. 식당에서도 비슷한 일이 일어난다.

"너도 국수 먹을 거지?"

"나는 떡볶이 먹을 테니까 너는 쫄면 먹어. 나눠 먹자."

메뉴를 정해주는 것을 좋아하는 사람도 있다. 하지만 그것은 어디까지나 그 사람이 원했을 경우다. 나의 기호를 상대에게 강요하고,

"내 생각을 상대에게 강요하지 말자.
그의 자유로운 선택을 가능케 하는 질문을 하자."

나의 주장을 상대가 인정해주기를 바라는 등 자신도 모르게 저지르는 온갖 말과 행동이 결국 두 사람의 관계를 망친다. 그는 자신의 의견을 묻지 않는 당신에게, 당신은 자신의 생각을 이해하지 못하는 그에게, 서로 실망하고 상처를 받는다.

생각은 생김새보다 더 다양하다. 세상에 비슷한 얼굴은 있어도 비슷하게 생각하며 사는 사람은 정말 흔하지 않다. 그래서 우리는 죽는 날까지 드라마 속에서나 만날 수 있는, 나와 생각이 닮은 소울메이트를 찾는 게 아닐까?

내 생각을 상대에게 강요하지 말자. 다른 생각을 강요하는 것은 총알을 쏘는 것과 같다. 마음에 깊은 상처를 내기 때문이다. 게다가 상대가 자신에게 총을 겨누는데, 가만히 총알이 날아오는 것만 바라보는 바보는 없다. 결국 상대도 총을 꺼내 당신을 겨눌 것이다. 온갖 다툼과 시기, 미움, 질투가 바로 여기에서 시작된다. 서로가 서로에게 겨눈 총구를 내리고 싶다면 먼저 상대의 의견을 묻자.

"너는 뭘 먹을 거야?"

"어떤 음료를 마시고 싶니?"

상황과 기호를 단정하고 제한하는 질문이 아닌 그의 자유로운 선택을 가능케 하는 질문을 하자. 열린 질문이 열린 마음을 만든다.

마음을 움직이는
관점의 힘

먼저 하나 묻겠다.

"1858년, 영국왕립통계협회에서 최초의 여성 회원으로 선출된 사람은 누굴까?"

쉽게 답하기 어려운 사람들을 위해 결정적인 힌트를 몇 개 제공한다. 그녀는 영국의 의료제도를 바꾼 개혁자이며, 직업은 간호사다. 영국왕립통계협회가 인정하는 최초의 수학적 도표와 차트를 사용한 사람이고, 19세기 중반에 터진 크림전쟁에서 대활약하며 수많은 병사들의 목숨을 구했다.

정답은 간호사를 미화하여 이르는 말, '백의의 천사'를 대표하는 인물인 '나이팅게일'이다. 우리가 그녀를 백의의 천사로 기억하는 이유가 단순히 여자의 몸으로 치열한 전쟁터에서 수많은 병사들의 목숨을 구했기 때문만은 아니다. 본질은 더 깊은 곳에 있다. 그녀가 위대한 이유는 당시 다른 간호사들은 발견하지 못한 중요한 부분을 발견했기 때문이다.

나이팅게일은 부상병을 치료하다가 매우 특별한 사실 하나를 발견했는데, '부상병이 전쟁터에서 입은 상처보다 질병 때문에 더 죽어간다'는 매우 유의미한 사실이 바로 그것이다. 직감에 의지하거나 추측으로 발견한 사실이 아니었다. 철저하게 과학적인 방법으로 그 사실을 증명했는데, 일단 병사들의 사망 원인을 밝히기 위해서 영양 상태와 위생 상태, 질병 상태 등을 조사했고, 조사한 것을 분석하는 데 있어 자료를 체계적으로 정리하기 위한 수단으로 도표와 차트를 사용했다. 당시에는 매우 획기적인 방법이었다. 그녀는 자신이 연구한 자료를 바탕으로, 하수구를 청소하는 등 위생 상태를 개선하기 위한 노력을 통해 43%에 이르던 병사들의 사망률을 2%로 낮추는 데 성공했다.

나이팅게일이 백의의 천사가 될 수 있었던 이유에는 의학적인 지식보다 수학 실력이 더 많은 영향을 미쳤다. 정말 중요한 이야기는 지금부터다.

하나 묻겠다.

"그녀의 수학 실력은 타고난 걸까?"

조금이라도 그녀의 삶을 연구하고 관찰한 사람은 안다. 그녀는 결코 수학 실력을 타고나지 않았다. 오히려 그녀는 수학에 흥미가 없는 학생이었다. 그럼 대체 선생터에서 그녀의 수학 실력은 어떻게 길러진 걸까?

나는 간단하게 이렇게 답할 수 있다.

"나이팅게일이 이룬 모든 위대한 결과는 아버지의 한마디에서 시작되었다."

그녀의 업적은 혼자 힘으로 얻어진 것이 아니었다. 당시 영국에서도 다른 나라와 마찬가지로 여자에게는 많은 배움이 허락되지 않았다. 수학 역시 여자는 거의 배우지 않는 학문 중 하나였다. 공부는 잘하는 학생이었지만, 여자가 굳이 수학을 배우는 분위기가 아니었기 때문에 수학에 대한 의욕이 생기지 않았던 그녀는 "수학을 열심히 공부하라"고 조언하는 아버지에게 이렇게 말했다.

"여자들이 배우지 않는 수학을 제가 꼭 배워야 할까요?"

그러자 아버지는 단호한 목소리로 이렇게 응수했다.

"여자로만 머물고 싶다면 배울 필요 없다."

아버지의 그 한마디에 그녀는 바로 수학 공부를 시작했다. 수학을 바라보는 그녀의 시선과 마음은 이미 이전과 달랐다. 그녀는 맹렬하게 파고들었고, 원리를 발견하고 경탄하며 수학이 이끄는 세상

속에 빠져 살았다.

누군가의 마음을 움직이고 싶다면 상대가 질문을 할 때 "남들도 다 하는 거니까 너도 하는 게 좋겠지?"라는 관점에서 벗어나, "세상에 태어나 너만 할 수 있는 게 있다면 거침없이 그것을 해보자!"라는 관점에서 조언하는 게 좋다. 상대의 내면에 접속한 상태에서 하는 말이 그 사람의 마음을 움직인다. 내 마음을 흔든 말이 상대의 마음도 흔들 수 있다. 어린 나이팅게일이 수학 공부를 시작한 이유는 강요나 필요 때문이 아니었다. 마음이 움직였기 때문이다.

"마음을 움직여라.
내가 들어도 가슴이 요동치는 그 말을 가장 사랑하는 사람에게
들려줘라."

칭찬을 완성하는
표현의 기술

영업이나 각종 사업 문제로 힘든 결정을 내려야 하는 자리에서 어렵게 느껴지는 사람과 대화를 나눠야 할 때가 있다. 이럴 때 분위기를 부드럽게 풀기 위해 나름대로 상대를 칭찬하려고 하다가 간혹 이런 실수를 하는 경우가 있다.

"와, 살만 빼면 예쁘실 것 같아요."

아, 정말 최악의 선택이다. '살만 빼면 예쁠 것 같다'는 표현은 알 수 없는 미래에 대한 이야기다. 지금 살이 많이 찐 상태라는 사실을 지적하며, 동시에 어렵게 살을 빼도 반드시 예뻐질 거라는 확신마저 없다는 것을 알려주는 최악의 표현이다. 이보다 조금 나은 "살만 빼면 예쁠 텐데"라는 표현도 있다. 미세하지만 '살만 빼면 예쁠 것 같다'는 말보다는 확신을 주는 표현이다. 그리고 마지막으로 "살만 빼면 더 예쁠 텐데"라는 표현은 지금도 예쁘지만 더 예뻐질 거라는 좋은 마음을 전하는 말이다. 하지만 어떤 표현도 만족스럽지는 않다.

'코만 고치면', '옷만 잘 입으면', '헤어스타일만 바꾸면' 등 외모를 표현하는 다른 단어를 넣어도 비슷한 의미의 말이 완성된다. 말하는 사람 입장에서는 지금보다 나아질 가능성을 상대에게 보여주는 좋은 표현이라고 생각할 수도 있다. 하지만 그 생각이 상대에게 전해지지 않으면 아무리 아름다운 의도도 좋게 느껴질 수 없다. 이런 종류의 표현은 90% 이상 '정말 예의 없는 사람이네'라는 생각을 하게 만든다.

먼저 상대를 세심하게 살피고 입에서 나오는 말을 철저하게 제어할 필요가 있다. 어려운 사람일수록 진심을 전하기 위해 더 많이 노력해야 한다. 칭찬을 할 때에는 반드시 다음의 세 가지 사항을 반영하도록 하자.

상대를 마음대로 평가하지 말자

살을 빼면 예뻐질 거라는 사실을 가장 잘 알고 있는 사람은 그 말을 매일같이 듣는 본인이다. 게다가 그 사람 입장에서는 지금 모습이 마음에 들어서 살을 빼지 않을 수도 있고, 지금 스타일이 좋아서 다른 스타일을 생각하지 않을 수도 있다. 제대로 모르는 상태에서 타인의 취향을 건드리지 마라. 그 사람이 살아온 세월과 경험을 존중한다는 생각으로 접근하는 것이 좋다.

칭찬이 무언가를 강요하지 않도록 하라

"먹기만 하니 살이 안 빠지지!"

"게으르니 외모에 신경을 안 쓰지!"

아무리 좋은 조언도 그것을 하라고 강요하는 순간, 상대는 질책으로 느낀다. 칭찬할 때에는 가능한 솔직하게 표현하는 것이 좋다. 괜히 말을 돌리거나 서툰 솜씨로 포장하다 보면 나쁜 마음이 담기고, 결과만 생각하게 된다. 중요한 건 그런 의도가 말에 녹아들면 당신이 원하는 것이 상대의 눈에 다 보인다는 것이다.

답은 과정에 있다

그럼 대체 어떤 방법으로 칭찬해야 하는 걸까? 쉽게 생각해보자. 우리가 언제나 조급한 이유가 뭘까? 바로 결과만 생각하기 때문이다. 칭찬을 통해 상대의 마음을 열고 싶다면 눈에 보이는 결과보다는 과정을 바라봐야 한다. 예쁘게 꾸민 지금 상태가 아니라 아침에 일어나 미용실에 가서 머리를 다듬고 정성껏 화장한 과정에 대해 말하는 게 좋다. 그럼 자연스럽게 칭찬의 방향이 이렇게 바뀐다.

"정말 부지런하세요. 외모를 단장하는 것도 저처럼 게으른 사람에게는 무리인 것 같아요."

직접적으로 칭찬하는 표현이 들어가지는 않았지만, 자연스럽게 과정에 대해 언급하며 그 사람의 좋은 부분을 부각시킬 수 있다.

칭찬은 매우 섬세한 작업이다. 말 속에 칭찬 후의 결과가 녹아들면 불행한 현실과 마주하게 되고, 과정 그대로를 담으면 전하고 싶은 마음을 순수하게 전할 수 있다. 어떤 계산이나 짐작도 하지 말고, 그 사람이 해온 과정을 바라보라. 그리고 최대한 순수하고 단순한 언어로 그 마음을 표현하자. 그럼 그 한마디에 상대의 마음은 움직일 것이다. 그 귀한 마음을 상대가 모를 리 없다.

타오르는 화를 잠재우고
현명하게 대처하는 법

간혹 직장에서 후배에게 일을 하나 맡겼는데 제대로 하지 못해서 아까운 시간만 버리고, 다시 그 일에 관해 설명해줘야 할 때가 있다. 그런데 그 후배가 늘 그런 식으로 일을 제대로 처리하지 못한다고 해도 화부터 내는 것은 곤란하다. 분노한 상태에서 하는 조언은 절대 옳은 행동을 유도할 수 없다.

순간적으로 화가 나서 "넌 할 줄 아는 게 대체 뭐야?"라고 분노의 한마디를 날리기보다는, 자세하게 설명한 후에 "혼자 할 수 있겠니?"라고 물어보는 것이 좋다. 이보다 조금 더 진화한 표현은 "혼자 할 수 있지?"라는 긍정을 단정하는 표현이다. 이는 혼자 충분히 할 수 있는 일이라는 느낌을 주기 때문에 상대의 상처 난 자존심도 회복시킬 수 있다. 마지막으로 좋은 마음을 전해주고 싶다면 "도움이 필요하면 말해, 언제든 도와줄게"라는 말을 덧붙이면 좋다.

아이들에게도 마찬가지다. 아이들은 대개 말이 참 많은데, 평소에는 잘 받아줄 수 있는 말도 화가 난 상태에서는 받아주기가 힘들다. 비슷한 말을 계속해서 반복하는 아이에게 나도 모르게 "넌 왜 이렇게 말이 많니!"라고 소리치고 싶어진다. 분노한 감정은 쉽게 사그라들지 않지만, 표현을 바꾸면 대화가 조금은 수월해진다. 감정이란 결국 표현의 합이기 때문이다. 아이들이 비슷한 말을 계속해서 반복한다면 질문으로 응수하는 방식을 취하는 것이 좋다.

"왜 그렇게 생각하니?"

"그렇게 생각하는 이유가 뭐야?"

아이들이 말을 많이 하는 이유는 새롭게 알게 된 사실이 많기 때문이고, 그 사실을 부모와 공유하고 싶기 때문이다. 부모가 이렇게 응수하면 아이도 나름대로 한 번 더 생각하게 되므로 가동할 수 있는 생각의 폭이 넓어지는 효과를 볼 수 있다. 물론 그런 응수를 하기 힘들 정도로 너무나 바쁠 때도 있을 것이다. 그럴 때에는 이런 식의 표현 방법이 좋다.

"질문하는 것은 좋은 자세야. 너는 참 궁금한 게 많구나. 지금 빨리 해야 할 일이 있지만, 네 문제가 더 급한 것 같네."

이렇듯 아이가 질문한 문제의 중요성을 강조해보자. 정말 시간

"내가 힘들면 상대에게도 힘들고,
나를 설득할 수 있으면 상대도 설득할 수 있다."

이 없을 때나 아이에게 '무언가를 얻기 위해서는 욕구를 절제해야한다'는 삶의 원칙을 알려주고 싶을 때에는 이렇게 말하고 행동하는 것이 좋다.

"엄마가 지금 요리를 하고 있는데, 30분만 기다려줄 수 있겠니?"

이렇게 말한 뒤 아이가 참고 기다리는 모습을 관찰하다가 30분 후에 기다려준 아이에게 다가가 "와, 정말 엄마를 위해서 30분을 기다려줬네. 대단하다"라고 칭찬하자. 아이는 그 짧은 30분이라는 시간 동안 기다림과 절제가 얼마나 소중한 일인지 알게 될 것이다.

직장이나 학교, 수많은 단체에 소속된 사람들과 대화를 나누며 우리가 고통을 겪는 이유는 '분노'라는 감정 때문이다. 그들은 이렇게 하소연한다.

"평소엔 그 조언대로 할 수 있죠. 문제는 화가 났을 땐 그게 어렵다는 겁니다."

방법을 찾자. 화가 났을 때 상대의 말을 받아들이기 어렵다면 화가 나도 쉽게 말할 수 있는 방법을 찾으면 된다. 그게 또 어려우면 어떻게 해야 화를 조절할 수 있을지 생각하며 스스로 분노를 조절하기 위해 노력하는 것도 방법 중 하나다. 불가능한 이유는 언제나 수백 개가 넘지만, 가능한 이유는 단 하나다. 그래서 사람들은 발견하기 쉬운 불가능이라는 카드를 집어든다. 하지만 노력하는 사람은 분명 그 하나를 찾아낼 수 있다.

"뭐라고! 그게 시금 말이 되는 소리라고 생각해?"

"조용히 해! 쓸데없는 거 묻지 말고 일이나 해."

궁금한 것을 질문하는 후배나 동료의 입을 막으며 이런 식의 말을 던지는 사람들이 있다. 그런데 나중에 그것을 상기시켜주면 그제야 그때의 실수를 돌아보며 이렇게 반성한다.

"아, 제가 10년 전에 상처받았던 말이네요."

어떤 말을 하기 전에 자신에게 먼저 해보라.

'만약 나라면 이 말을 들을 때 기분이 어떨까?'

'안 좋은 상황에서 이 말을 들으면 어떤 감정이 생길까?'

'내가 돈을 내는 사람 입장이라면 이 말에 기분 상하지 않을까?'

내가 스스로 충분히 이해할 수 있는 말을 상대에게 하자. 그것이 우리가 할 수 있는 가장 좋은 방법이다. 내가 힘들면 그 사람에게도 힘들고, 나를 설득할 수 있으면 그 사람도 설득할 수 있다. 타오르는 화를 그대로 표현할 수도 있지만, 화를 참고 좋은 방향으로 이끌 수도 있다. 현명하게 말하고 그 상황을 이겨내는 사람들은 항상 후자를 선택한다.

자기계발서는 읽을 필요 없다고 말하는 사람들이 있다. 백번 양보해서 그렇다고 해도 끝내 양보하기 힘든 하나는, 그럼에도 뭐라도 하고 싶어서 책을 찾는 사람에게는 길이 열린다는 사실이다. 바로 그 마음이다. 그런 마음을 가진 사람이라면 어떤 상황에서도 분명 가장 현명하게 표현하고 말할 수 있는 방법을 발견할 것이다.

일상을 공감의 언어로 채우는 특별한 자세

세상에는 몇 마디 말로 손쉽게 상대의 마음을 얻는 사람들이 있다. 한마디 말로 처음 만나는 낯선 사람의 마음도 빠르게 얻는 그들에게는 어떤 비결이 있는 걸까?

사람들의 말하는 특성은 크게 세 가지로 나눌 수 있다. 가장 최악은 '자신이 원하는 말만 내뱉는 사람'이다. 그들은 꽤 논리적인 사람일 가능성이 높다. 세상을 많이 배운 사람이지만, 세상을 많이 이해하는 사람은 아니다. 각종 전문용어를 섞어가며 말을 하고, 상대가 얼마나 대화에 공감하고 있는지에 대해서는 전혀 생각하지 않는다. 스스로 하고 싶은 말을 논리적으로 했다고 생각하면서 만족을 얻기 때문이다. 이들은 대중적인 무언가를 창조하지 못하고, 제대로 소통하지도 못한다.

그보다 조금 나은 사람이 '상대가 원하는 부분이 무엇인지 알고, 그들이 듣고 싶어 하는 말을 해주는 사람'이다. 하지만 아직 부족하다. 이들은 감성적인 부분에만 집중하는 특성이 있어서 억지로 공감을 이끌어내려는 사람으로 보일 수 있다. 이들 역시 원하는 것을 얻거나 자신의 마음을 제대로 전하기 쉽지 않다.

마지막으로 '상대가 원하는 말을 논리적으로 해주는 사람'이 있다. 상대가 원하는 부분을 순간적으로 포착해서 그의 상황과 적절하게 연결해 하나의 에피소드를 구성한 다음, 공감과 만족이 가득한 대화를 이끌어나간다. 이들은 어떤 상황에서도 상대의 마음에 꼭 맞는 대화를 나누며 공감대를 형성할 수 있다. 대화의 질은 결국 공감의 깊이가 결정한다.

이성과 감성을 적절하게 연결할 줄 아는 사람의 일상은 무엇이 다를까? 나는 그들의 삶에서 다른 사람에게서는 발견할 수 없는, 특별한 네 가지 생각을 추출했다.

가볍게 읽는 습관을 들이자

잘 모르는 사람과의 대화에서 공감을 이끌어내려면 시대를 뒤흔든 대단한 책을 읽거나 필사를 하며 좋은 문장을 자신의 것으로 만들어야 한다고 생각하는 사람이 많다. 그런데 사실 대화를 공감으로 채우기 위해서는 우리가 고전이라고 부르는 대단한 책보다 시대에 맞는 콘텐츠를 적절하게 생산해서 순간적으로 베스트셀러가 된 책을 읽는 것이 좋다. 그런 책들은 적절한 감성과 그 감성을 밀이 되게 연결한, 딱 좋을 만큼의 이성이 균형을 이루기 때문이다. 가벼운 마음으로 하루에 30분씩 읽으면 도움이 된다.

일상을 느끼고 즐기자

계절과 날씨를 섬세하게 느껴보자. 무엇이든 섬세하게 느끼는 사람은 출근을 하다가도 '어제보다 바람이 차가워졌네, 이제 곧 가을이 오겠다'라는 식으로 생각한다. 상대를 공감의 세계로 인도할 수많은 생각은 결국 일상에서 나온다. 우리는 모두 일상을 살아가는 존재이기 때문이다. 타인의 공감을 이끌어내야 하는 직업을 가진 사람일수록 일상이 중요하다.

앞서 언급했듯이 위대한 책을 읽거나 엄청난 작품을 감상해서 얻은 지식은 대화에서 공감을 유도하는 데 필요하지 않을 수도 있다. 생각이 특별하다는 것은 평범한 일상을 사는 사람들의 생각과 멀어진다는 의미이기 때문이다. 엄청난 아이디어가 아니라 공감할 수 있는 생각이 필요하다.

과거의 나를 버리는 연습을 하자

우리는 대개 일상에서 같은 일을 반복하며 산다. 그런데 일상을 공감으로 가득 채우는 사람들은 늘 질문을 던진다.

"저건 왜 저러지?"

뭔가 엄청나고 새로운 것을 창조하고 주장하는 것보다 중요한 것은, 어떤 상황에서도 그 일이 일어난 데에는 반드시 이유가 있을 거라고 생각하는 자세다. 일상에서 일어나는 모든 현상에 늘 의심을 품고, 그 안에서 무슨 일이 일어나고 있는지 관찰하는 자세를 유지하자. 일상에서 일어나는 현상에 대한 근본적인 이유를 하나 발견하면 우리는 같은 일상을 보내는 사람들과 공감할 연결 고리를 하나 더 발견할 수 있다.

영감을 주는 사람을 곁에 두자

내가 모든 것을 다 잘할 수는 없다는 사실을 인정해야 한다. 일상에서 공감을 이끌어내는 사람들을 잘 관찰해보면 그들 곁에는 영감을 주는 좋은 사람들이 있다는 것을 알 수 있다. 스스로 할 수 없다면 다른 사람과 함께하면 된다. 타인을 공감의 세계로 인도하는 능력은 타고난 재능이 아니라 후천적인 노력으로 얻어진다. 만약 타인의 공감을 이끌어낼 영감이 떠오르지 않는다면 자신의 능력을 빠르게 인정하고 내게 영감을 줄 수 있는 사람들을 곁에 두자.

타인의 공감을 이끌어내는 대화를 하기 위해 이렇게까지 해야 하느냐고 묻는 사람도 있을 것이다. 하지만 나는 언제나 "반드시 이렇게 해야 한다!"고 강하게 응수한다. 이유는 간단하다. 많은 사람들이 "진심은 통한다"고 말한다. 그런데 살다 보면 그게 말처럼 되지 않을 때가 많다. 이유가 뭘까? 바로 초점이 약간 맞지 않았기 때문이다. "진심은 통한다"는 말을 정확히 표현하면 "진심을 제대로 표현한 말은 통한다"라고 할 수 있다.

어떤 진심도 저절로 통하지는 않는다. 말로 전해야 하는 모든 감정은 감정 그 자체보다 '어떤 말로 어떻게 표현하느냐?'가 상대의 기분을 결정한다. 자기 마음이 진심이라고 표현을 대충 하는 것은 애써 만든 근사한 요리를 일회용 접시에 담아내는 것과 같다.

"마음에 정성을 다했다면
그 마음을 전달하는 표현에도 정성을 다해야 한다."

세상에는 말이 필요 없는
순간도 있다

#1.

군대 시절 기억에 남는 사람이 한 명 있다. 그는 참 멋진 동기였다. 모든 부분에서 모범이 되었으니까. 하루는 한 선임이 그에게 '여자 친구와의 첫 키스'에 대해 물었다. 군대에 다녀온 남자라면 대개 비슷한 질문을 받았을 것이다. 나는 속으로 이렇게 생각했다.

'아마 약간 과장해서 대충 이야기하겠지?'

하지만 그의 대답은 나의 잠든 정신을 깨웠다.

"죄송하지만 그건 둘만의 비밀입니다. 저만 알고 간직하고 싶습니다. 소중한 제 기억을 지켜주시면 좋겠습니다."

군대의 무서움을 아는 사람은 알 것이다. 그의 대답이 얼마나 말도 안 되는 이야기인지. 물론 그는 말도 못하게 혼났다. 하지만 끝까

"말이 우리에게 빛을 줄 때도 있지만,
때론 침묵이 가장 강렬한 빛을 내려준다."

지 첫 키스 이야기는 꺼내지 않았다. 세상에 공짜는 없다. 소중한 것을 지키기 위해서 그는 대가를 지불해야 했다. 남보다 더 크게 소리쳐야 했고, 미움을 받고 더 열심히 일해야 했다. 하지만 그는 모든 대가를 치르고, 결국 지키고 싶은 추억을 지켜냈다.

순간의 즐거움을 위해 추억을 나눌 수도 있었다. 없는 이야기를 만들어서 소설을 쓸 수도 있었을 것이다. 하지만 그것은 소중한 추억을 간직한 사람의 풍모는 아닐 것이다. 그는 다른 선택을 했고, 누구보다 찬란하게 빛났다. 말하지 않아서 빛났다.

"말이 우리에게 빛을 줄 때도 있지만, 때론 침묵이 가장 강렬한 빛을 내려준다."

#2.

스무 살 정도 된 아들과 어머니가 함께 길을 걷고 있었다. 다 큰 아들과 함께 걷는 어머니의 모습이 참 근사해서 계속 지켜봤는데, 돌에 걸렸는지 아들이 갑자기 중심을 잃고 넘어졌다. 그런데 비명은 아들이 아닌 어머니의 입에서 나왔다.

"어떡하니! 많이 다친 거 아니야?"

세상에서 가장 아픈 눈과 마음으로 아들을 바라보는 어머니. 다 큰 아들이라도 넘어져 다리에 상처가 나면 부모는 한동안 좋은 일이 생겨도 웃지 못한다. 사소한 일도 그게 아들의 아픔이라면 부모에게는 커다랗게 느껴지니까.

아들이 이야기하는 내내 그녀는 아들의 다친 다리만 바라봤다. 점심으로 뭘 먹고 싶은지 묻는 질문에도, "하늘이 참 맑다"는 말에도 그녀는 아들의 다리를 바라보며 대답했다. '아프지 않아?', '정말 괜찮아?'라는 눈빛으로 말이다. 아들은 한참 자기 이야기를 하다가 어머니의 그 눈빛과 마음을 알아챈 후 옅은 웃음을 띠며 두 팔을 벌리더니 어머니를 꼭 안았다.

"괜찮아요. 걱정하지 마세요."

때론 말이 필요 없는 순간도 있는데, 나는 그것을 '공감의 시간'이라고 부른다.

"너 정말 괜찮니?"

"걱정하지 마, 괜찮아."

이 짧은 대화보다 따뜻한 대화가 또 있을까?

"세상에는 말이 필요 없는 순간도 있다.
사랑이 모든 것을 대신하는 그 순간, 따뜻한 눈빛만으로 충분하다."

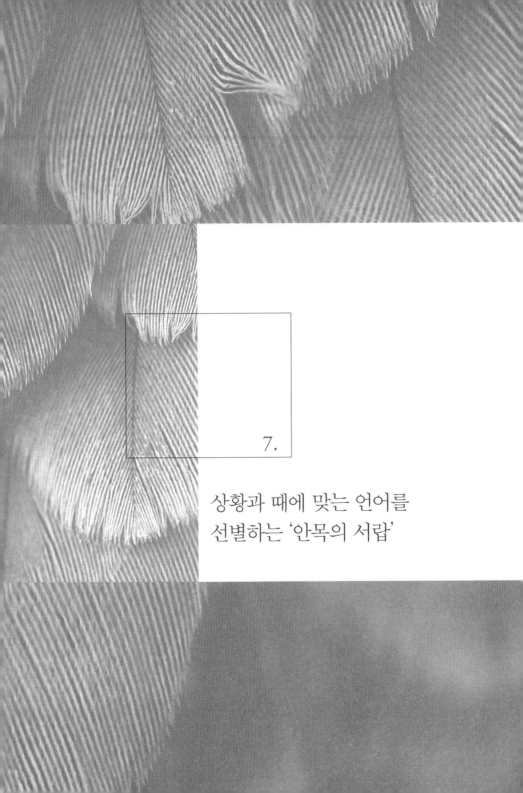

7.

상황과 때에 맞는 언어를
선별하는 '안목의 서랍'

'반칙'이라고 말할 만큼
완벽한 표현

김종원 갤러리를 시작한 이후 나는 더욱 현실적인 눈으로 주변의 상점들을 관찰하며 연구하고 있다. 나는 창업에서 가장 중요한 것은 '팔 아이템'이라고 생각한다.

"무엇을 팔 것인가?"

예를 하나 들어보자. 여기는 19세기 중반의 한국, 세계 최초로 라면을 발명한 사람의 주최로 라면 왕을 뽑는 대회가 열렸다. 수많은 경쟁자들이 각자 준비한 라면을 정성스레 끓였다. 완성한 라면을 테이블에 올려놓고 평가를 기다리는 참가자 중 매우 특이한 반찬을 준비한 참가자 한 명이 눈에 확 들어왔다. 그는 놀랍게도 당시에는 전혀 상상하지 못했던 조합인 김치를 반찬으로 곁들여 냈다. 이 이야기를 사람들에게 들려주면 입을 모아 이렇게 말할 것이다.

"에이, 라면에 김치는 반칙이지!"

맞다. 라면에 김치는 반칙이다. 그보다 월등한 조합은 없을 테니까. 그런데 주변에서 싱짐을 시작한 분들을 관찰해보면 '라면에 샐러드', '라면에 망고', '라면에 육계장' 등 전혀 어울리지 않는 아이템을 파는 분들이 많다. 실제로 그런 상점은 1년에 몇 번이나 주인이 바뀌고, 그때마다 리모델링을 한다. 여기서 '어울리지 않는다'는 말은 그 골목에서 그 아이템, 그 사람이 파는 그 아이템, 그 상점에서 파는 그 아이템 등 매우 다양한 부분에 해당한다. 좋아 보이는 것과 요즘 유행하는 것을 단순하게 연결하는 것만으로는 부족하다.

나는 30대 초반부터 오랜 시간 맨 땅에 헤딩하는 심정으로 열심히 일했다. 하지만 사실 그것은 남들이 나를 볼 때의 시선이지, 나는 결코 그렇게 일한 적이 없다. 물론 그런 정신으로 일하긴 했지만, 결코 맨 땅에 헤딩을 하지는 않았다. 나는 언제나 '라면에 김치'가 될 그 무언가를 찾아다녔다. 다시 말해 사람들이 "네가 그거 하면 반칙이지!"라고 할 만한 조합을 찾아내 거기에 열중했다. 열심히 해서 잘됐던 게 아니라 잘될 일을 열심히 했기 때문에 성과를 낸 것이다.

말도 그렇다. 우리가 흔히 말을 잘한다고 생각하는 사람들을 자세히 관찰해보면 그들은 라면에 김치가 생각날 정도로 반칙에 가까운 말을 하려고 노력한다. 그들과 대화를 나눈 사람들의 반응은 대체로 이렇다.

"어쩌면 그렇게 듣기 좋은 말씀을 잘하세요."

"무슨 말을 하든 믿음이 가요."

"참 예쁘게 말씀하시네요."

간혹 온라인상에서, "○○에서 파는 △△빵이 정말 맛있어요. 그런데 좀 비싸요"와 같은 글을 본다. 그리고 그런 글에는 꼭 이런 댓글이 달린다.

"거기에서 파는 거랑 비슷한 빵을 □□에서 할인하고 있어요. 저는 그래서 왕창 사서 먹고 있습니다."

하지만 세상에 비슷한 맛은 없다. 흉내를 낼 수는 있지만 각각의 맛은 모두 다르다. 그래서 우리는 비슷하면 구매하지 않을 것을 다르다는 이유로 많은 돈을 내고 산다. 마찬가지로 식당 밖에 설치된 메뉴 모형은 언제나 과장되어 있다. 그런데 가끔 모형보다 훌륭한 음식을 제공하는 곳도 있다. 그런 식당을 만날 때 우리는 속으로 이렇게 외친다.

'인생 식당이다! 자주 와서 먹어야지.'

말도 그렇다. 단어와 표현은 거의 비슷해 보이지만, 우리가 사용하는 말은 얼굴 생김새가 다르듯 모두 다르다. 같은 단어와 표현을 사용해도 각각 미세한 차이가 있고, 그 차이는 그 사람의 인생을 결정할 정도로 큰 영향을 끼친다. 가끔은 인생 식당을 발견했을 때와 같은 기분이 들게 하는 사람을 만나기도 한다.

'정말 좋은 사람이나.'

'더 자주 만나서 좋은 기운을 느끼고 싶다.'

세상에는 분명 겉으로 볼 때에는 다를 게 없지만, 이런 좋은 기분을 전하는 사람이 있다. 그런 사람을 보면 이런 생각이 든다.

'그렇게 말하면 반칙이지!'

멋진 외모의 배우가 짝짓기 방송 프로그램에서 피아노를 연주하며 근사한 목소리로 노래까지 잘하면 우리는 방송을 시청하며 "그렇게 하면 반칙이지!"라고 말한다. 우리에게 필요한 게 바로 반칙이라고 말할 만큼의 완벽한 표현의 결합이다. 그러기 위해서는 다양한 표현을 최대한 많이 '말의 서랍'에 넣어둬야 한다. 그러면 어떤 상황에 놓였을 때 어디에 사용할 표현인지 선택한 다음, 적합한 표현을 넣어둔 서랍을 열어 꺼내기만 하면 된다.

이제는 바닥을 기어가지 말고, 예쁜 나무와 조명이 길을 밝혀주는 근사한 길에서 걷자. 단단한 바닥에 머리를 박지 말고, 침대처럼 포근한 곳에서 원하는 것을 마음껏 펼치자. 그게 바로 내가 《말의 서랍》을 쓴 이유다.

언어를 분석하고 구분하는 안목의 힘

"그 사람이 그럴 줄 몰랐어."

"어떻게 나한테 그럴 수 있어요?"

"완전 배신이야, 그런 사람이었구나."

예상치 못한 일로 피해를 입고 나서 상대를 비난하는 마음을 글과 말로 표현하는 사람들이 많은데, 사실 공감이 가면서도 안타까운 마음이 든다.

'그걸 왜 미리 알지 못했을까?'

꼭 경험한 후에 실체를 아는 이유는 뭘까? 상대의 것이 너무 필요했거나 실체를 구분하는 안목이 없었거나, 둘 중 하나다. 사실 두가지 경우 모두 절망적이다. 부정한 것을 알면서도 그것을 구하는 사람은 설령 그것을 손에 쥔다고 해도 제대로 사용할 능력이 없고,

상대의 실체를 구분하는 안목이 없는 사람 또한 마찬가지다.

본질을 제대로 볼 줄 아는 안목이 없는 사람에게는 어떤 기회와 혜택을 줘도 낳은 것을 기대할 수 없다. 반면 상대의 언어를 듣고 분석할 줄 아는 안목을 갖춘 사람은 스스로 그것을 조용히 쟁취한다. 결코 잡음을 내거나 엉뚱한 일을 벌이지 않는다. 능력 없는 사람들이 자꾸만 시끄럽게 일을 벌이고, 원하는 것을 얻지 못한 것을 상대에게 분풀이하며 서로 망가지는 선택을 하는 것이다.

언어를 분석하고 구분하는 안목의 힘을 기르기 위해서는 다양한 시도와 연습이 필요하다. "안목이 정말 대단하세요"라는 말은 사람을 기분 좋게 하는 최고의 칭찬 중 하나다. 인간이 가질 수 있는 가장 멋진 특권을 누리고 있다는 증거이기 때문이다. 안목이 뛰어난 사람은 남들보다 빠르게 최고의 선택을 한다. 여기서 중요한 것은 빠른 것이 아니다. 우리가 주목할 부분은 '선택할 수 있다는 것의 위대함'이다. 먼저 자신에게 질문해보라.

"우리는 왜 '브랜드'가 주는 영향력에서 벗어나지 못할까?"

답은 의외로 간단하다. 지금 당신이 선택하려는 것이 무엇이든 그것을 제대로 판단할 안목이 없어 브랜드의 인지도에 의지할 수밖에 없는 것이다. 스스로 선택할 수 없는 사람은 브랜드에 의해 선택을 강요받는다.

생각하지 못하는 사람은 세상에 의해 생각 당한다. 또한 자신의 의지로 선택할 수 없는 사람은 돈만 추구하는 엇나간 마케팅의 희생양이 되고, 사람을 속이며 돈을 버는 이들의 좋은 먹잇감이 된다. 쉽게 말해 영원히 세상의 노예로 살게 된다.

나는 열심히 일하지만 세상에 잘 속고, '정말 안목 없다'는 평가를 받는 사람들에게서 몇 가지 공통점을 찾았다.

가능성을 믿지 않는다

그들은 자신을 포기한 사람들이다. 그들은 어떤 일을 시작하든 스스로 잘해낼 수 있다고 생각하지 않는다. 누군가 곁에서 진심으로 응원해도 자신을 놀린다고 생각하며, 더욱 깊은 불가능의 늪에 빠진다. 일상을 불신으로 가득 채운 상태다.

감정 변화가 심하다

그들은 바람만 불어도 불길하다고 말한다. 언제 어디에서 어떻게 변할지 자신도 예측하지 못할 정도로 감정 변화가 심하기 때문이다. 문제는 부정적인 감정을 너무 오래 가지고 산다는 것이다. 부정은 더 큰 부정을 부른다. 결국 그들의 주변은 부정적인 사람들로 채워진다.

감각이 없다

안타까운 사실은 그들이 아무런 노력도 하지 않는 배짱이가 아니라는 것이다. 그들 중에는 자기 분야에서 어느 정도 실력을 갖춘 사람도 많다. 하지만 그들의 경력은 인정받지 못한다. 가장 중요한 '감각'이 빠져 있기 때문이다. 작가로 예를 들자면 그들은 문법에 맞게 글을 쓰기는 하지만, 표현력이 부족해서 독자들의 반응을 얻지 못한다.

자꾸 과거만 생각한다

그들의 가장 큰 공통점은 자꾸 과거만 생각한다는 것이다. 그 이유는 여전히 자신이 가장 잘나갔던 시절 속을 헤매고 있기 때문이다. 그들 주변에 사람이 아무리 많아도 자꾸 엇나가는 이유 역시 현실에 존재하는 사람이 아니기 때문이다. 사라진 거품은 다시 볼 수도, 다시 만들 수도 없다는 사실을 모른다.

생각과 행동이 다르다

그들은 입으로는 부자가 되고 싶다고 말하지만, 실상은 전혀 다르게 행동한다. 마치 고고한 학자처럼 물질에 큰 욕심이 없는 사람처럼 말하고 행동한다. 사람들에게 그런 이미지를 주고 싶다는 욕심 때문이다. 그러면서 자신의 빈 지갑과 비교해 부자는 나쁜 놈들이라고 비난한다. 자신은 무언가를 꿈꾸기에는 이미 너무 늦었다고 말하면서 "착하게 산 사람에게 왜 이렇게 대하느냐!"며 세상을 비난한다. 시작과 중간, 끝이 전혀 다르다. 신도 그를 이해하지 못한다.

세상을 향해 투정만 부린다

그들은 절대 자신을 비난하지 않는다. 겉으로는 자신의 가능성을 믿지 않고 자신을 비난하는 것처럼 보이지만, 그들의 모든 불만은 세상을 향해 있다. 세상이 잘못되었고, 자기에게 기회를 주지 않는다고 생각한다. 언제나 사회 구조를 먼저 지적하고, 자신의 삶은 절대 돌아보지 않는다. 구조도 바꿀 필요가 있지만, 아무리 구조가 적절히 바뀌어도 그 안에 존재하는 사람이 근사하지 않으면 빛은 곧 사라진다.

기회를 줘도 의심한다

그들은 기회를 줘도 끝없이 의심한다. 긍정적인 의미의 의심이 아니라 '내가 잘할 수 있을까?', '무슨 꿍꿍이가 있는 거 아닌가?'라는 부정적인 의심에 사로잡혀 모처럼 찾아온 기회에 시간과 노력을 투자하지 않는다. 긍정해야 할 모든 시간을 끌어모아 부정하는 데 소비한다.

안목을 기르고 싶다면 다음의 세 가지를 기억하라.

– 안목 없는 사람은 되도록 멀리하라.
– 안목 없는 사람과 반대로 생각하라.
– 마지막으로 뜨겁게 긍정하라.

안목이란 일단 사물과 상황을 긍정해야 기를 수 있는 능력이다. 부정은 '무 의 감정'이고, 긍정은 '유 의 감정'이다. 부정하면 할수록 그것을 바라보지 않게 되고, 긍정하면 할수록 그것의 본질과 원리를 알아내기 위해 분투하게 된다.

말의 서랍을 풍성하게 할
의식 수준 향상법

"무덤까지 가져가기로 한 비밀을 털어놓는 건 자기 무덤을 파는 일이다"라는 말이 있다. 말이 결국 내가 머물 장소를 결정한다. 좋은 말은 좋은 장소로, 불행한 말은 불행한 장소로 인도한다. 그래서 말은 그 사람의 의식 수준과 매우 밀접한 관계가 있다.

나는 말의 서랍을 풍성하게 만들고 있는 사람들을 연구하며 그들이 일상에서 어떤 방법으로 의식 수준을 향상하고 있는지 연구했다. 지금부터 제시하는 열 가지 방법을 일상에서 실천해보자. 30일 안에 말의 서랍이 풍성해지는 것을 실감하게 될 것이다.

어떤 상황에서도 따지지 말자

따지는 말로는 아무것도 얻을 수 없다. 따지는 표현을 내뱉은 사람의 두 손에는 미움이라는 선물만 가득할 것이다. 따지고 싶은 마음이 들면 차라리 그 자리를 떠나는 게 현명한 선택이다. 낮은 의식 수준의 증서인 분노와 비난, 원망의 감성을 버려라.

상대를 먼저 인정하라

흔히 "네가 내 입장이 돼보면 알게 될 거야!"라는 말을 자주 한다. 하지만 남의 입장을 알기는 정말 어렵다. 자신도 잘 모르겠는데, 어떻게 타인의 상태까지 이해할 수 있겠는가. 힘든 건 언제나 내가 먼저 하도록 하자. 상대에게 나처럼 생각해보라고 말하지 마라.

적당한 순간 말을 끊어라

조급하다고 나오는 대로 말하는 사람이 있다. 그런데 말하는 중 뭔가 잘못된 방향으로 대화가 이어지고 있다는 생각이 들면 바로 끊는 것이 좋다. 적당할 때 말을 끊으면 다 잃지는 않는다. 말을 끊기 힘든 상황이라면 지금까지의 말 중 잘못된 부분을 바로 인정하고 경청하라. 잃은 것을 되찾게 될 것이다.

상대의 변화를 감지하라

대화할 때 중요한 것은 관찰이다. 관찰을 해야 하는 이유는 상대의 마음을 조금 더 이해하기 위함이다. 이는 말의 서랍을 보다 더 풍성하게 만들어준다. 상대의 사소한 변화에도 관심을 기울이고, 제대로 표현하는 연습을 하자. 분명 생각하지 못했던 귀한 것을 얻게 될 것이다.

알아듣기 쉽게 말하라

글은 쉽게 써야 한다. 말도 마찬가지다. 말하는 사람이 편하게 하는 게 아니라 듣는 사람이 이해하기 쉽게 말하는 것이 좋다. 말하기 전에 늘 '내가 듣는 사람이라면 어떻게 느껴질까?'라고 상상하며 연습하는 시간을 갖는 것이 좋다.

마음을 담아 말하라

마음을 담아 말한다는 것이 무엇을 뜻하는 것인지 생각해본 적 있는가? 많은 사람들이 입이나 머리로만 말하는데, 늘 이 조언을 기억하는 것이 좋다.

"입으로 말하면 사기꾼을 얻고, 머리로 말하면 참견꾼을 얻고, 가슴으로 말하면 사랑하는 사람을 얻는다."

사랑을 전할 수 있는 말을 하자. 그것이 바로 높은 의식 수준에 근접할 수 있는 최선의 방법이다.

"소리로 전해지는 언어만 언어라는 생각에서
벗어나야 말의 서랍을 더욱 풍성하게 채울 수 있다."

행복한 기억을 남기는 말을 하라

'그 사람이 한 말만 생각하면 분노가 치밀어올라!'

이런 생각이 들 정도로 두고두고 짜증나는 느낌이 드는 말은 위험하다. 아픈 말은 되도록 하지 말고, 하더라도 기억에서 금방 사라질 정도의 말만 하는 게 좋다. 나쁜 기억으로 계속 생각나는 사람이 되지 말자. 말은 결국 자신에게 돌아온다는 사실을 기억하자.

상대와 상황에 따라 다른 언어를 구사하라

"예전에 무엇을 하셨나요?"

처음 만나는 사람에게 자주 묻는 말이다. 하지만 과거는 물을 필요가 없다. 그의 과거가 화려하다면 스스로 말할 것이고, 반대로 초라하다면 입을 다물 것이다. 질문을 하기 전에 '이 질문이 지금 상황에 적절한가?' 하고 세심하게 생각해보는 것이 좋다. 상황에 맞지 않는 말은 애매한 상황을 자처할 뿐이다.

지적과 칭찬의 좋은 지점을 파악하라

어떤 표현이든 그것이 극에 달한 감정을 전하는 것이라면 조심해야 한다. 지적은 상대의 예상보다 짧게, 칭찬은 상대가 그만하라고 할 때까지 길게 하라.

인생을 바꾸는 경청의 기술

"말하려고 하면 피하고, 들으려고 하면 다가온다."

정성껏 귀 기울여 들으면 마음의 소리가 들린다. 내 말 한마디에 누군가의 인생이 바뀌기도 한다. 어떤 말로도 돌아서지 않는 사람의 마음을 바꾸고 싶다면 들어라. 정성을 들여 들으면 분노의 무게도 가벼워진다. 이는 매우 중요한 부분이다. 미움과 분노에서 벗어나야 더 높은 의식 수준으로 살아갈 수 있기 때문이다. 듣자. 경청은 모든 상황을 좋게 바꾼다.

위에 나열한 열 가지 사항을 일상에서 실천하다 보면 의식 수준이 조금씩 높아질 것이다. 높아지는 의식 수준을 스스로도 느낄 정도가 되면 "눈빛은 눈의 언어고, 표정은 얼굴의 언어다"라는 말을 기억하자. 소리로 전해지는 언어만 언어라는 생각에서 벗어나야 말의 서랍을 더욱 풍성하게 채울 수 있다. 한 가지 서랍만 채우면 아무 소용이 없다. 균형을 맞추는 것이 중요하다. 쓴소리에는 설탕이 필요하고, 달콤한 소리에는 소금이 필요하다. 삶의 모든 부분에서 배우겠다는 생각으로 접근해야 균형을 잡을 수 있다.

나의 정체성을 찾아주는
3가지 표현

예민한 사람과 섬세한 사람의 차이를 설명해보라고 하면 대개 "거의 비슷하지 않나요?"라고 반문한다. 그런데 '예민'과 '섬세'라는 표현은 서로 방향이 전혀 다르다. 예민한 사람은 주변에서 일어나는 모든 일의 중심에 자신을 두고 생각하는 특징이 있고, 섬세한 사람은 주변에서 일어나는 모든 일의 중심에 자신이 사랑하고 지켜주고 싶은 사람을 두고 생각한다. '생각의 중심에 누구를 뒀느냐'에 따라 그 사람의 성향이 '섬세한지' 혹은 '예민한지'가 결정된다.

우리는 자신의 정체성을 찾기 위해서 섬세한 사람이 되어야 한다. 자신에게 일어나는 모든 일의 중심에 사랑하는 사람을 두고 생각한다는 것은 정체성을 찾은 사람이라는 증거다. 정체성이 분명한 사람들이 신경 쓰는 세 가지 표현이 있다.

- '많은 사람'이라는 표현에 주의한다.
- '그렇다고 한다'라는 표현을 자제한다.
- '한 끼 배우사'라는 표현은 금물이나.

세 문장에서 '주의', '자제', '금물'로 각각 다르게 표현한 이유는 그만큼 세심하게 다뤄야만 하는 표현이기 때문이다. '주의'는 사용해도 괜찮지만 스스로 인지하고 있어야 한다는 의미이고, '자제'는 사용하기 전에 미리 연구와 사색을 거쳐야 한다는 의미이고, '금물'은 말 그대로 사용하지 말라는 의미다.

'많은 사람'이라는 표현에 주의하라

'많은 사람'이라는 표현은 너무 급하게 자기주장을 하는 듯한 느낌을 준다. '많은 사람'에 대한 구체적인 기준이 없고, 그 사람들을 정말 다 만나서 인정받은 내용이 아니기 때문이다. 표현을 약하게 바꾸거나 조금 더 세분화를 할 필요가 있다. '내가 만난 20대 청년 중 30% 정도는'이라는 표현이나 '어떤 사람은'이라는 표현으로 바꾸면 듣는 사람이 '이건 자극적이지 않고 사실을 그대로 전한 말이네'라고 생각하게 될 것이다.

'그렇다고 한다'라는 표현을 자제하라

'그렇다고 한다'라는 표현을 자제해야 하는 이유는 어감에서도 느껴지지만, 스스로 증명한 사례가 아니기 때문이다. 남들이 그렇다고 말하는 모든 것을 연구와 사색으로 자기 삶에서 증명할 필요가 있다. 정체성은 그렇게 완성된다. '그렇다고 한다'라는 표현에서 힘이 느껴지지 않는 이유는 그것을 말한 사람이 자신의 삶을 통해 직접 증명하거나 충분히 사색해서 얻은 자료가 아니기 때문이다. 확실하게 표현할 수 있다는 것은 말하려는 내용을 자기가 실제로 경험했다는 증거다. 조금 더 명확하게 표현할 수 있을 때까지 그 주제에 대한 이야기는 하지 않는 것도 좋은 방법이다.

'한 끼 때우자'라는 표현은 금물이다

'한 끼 때우자'라는 표현은 정말 최악이다. 이 말은 무언가를 스스로 할 의지도, 주도적으로 무언가를 계획할 생각도 없는 사람이라는 느낌을 준다. 이럴 때에는 "오늘은 뭘 먹을까?"라고 표현하는 게 좋다. 더 좋은 경우는 "뭘?"이라고 묻기보다 확실한 메뉴를 몇 개 정한 후 상대의 의견을 묻는 것이다. 스스로 무언가를 정했다는 의미도 있지만, 상대를 배려하기 위해 다양한 선택지를 제공했다는 느낌을 줄 수 있다.

나를 비난하는 사람과 나에게 무례하게 구는 사람에게 제대로 화내는 방법을 담은 책은 언제나 많은 독자들이 찾아 읽는다. 다시 말하면 우리는 늘 타인 때문에 마음고생을 하고 있다.

'정체성'이라는 단어를 사색해본 적 있는가? 자신에게 물어보자.

"나는 내가 가야 할 길을 알고 있는가?"

"그 길을 제대로 걸을 자신이 있는가?"

두 질문에 제대로 답하지 못한다면 아직 정체성을 찾지 못했다고 볼 수 있다.

'나의 정체성'을 찾지 못한 사람은 시선이 자꾸만 바깥으로 향한다. 그 결과 어떤 한 사람을 맹목적으로 따르고, 그가 무슨 말과 행동을 하든 지지하며 환호한다. 이유는 간단하다. 인간은 자신에게 없는 것을 바깥에서 찾아내 자신과 동일시하기 때문이다. 그의 정체성을 나의 정체성이라고 믿으면서 그렇게 한 사람의 삶은 조금씩 지워진다.

나의 정체성을 발견하는 것은 지금까지 나를 무시하고 비난한 자신에게 강하게 화를 내는 것에서 시작한다. 그저 바깥만 바라보며 환호하는 사람의 삶은 외롭고 힘들고 피폐할 수밖에 없다. 안을 바라볼 수 있는 사람이 밖을 바라볼 때 그 사람의 삶은 빛난다.

안에서 바깥으로 나아가야 한다. 그러기 위해서는 먼저 타인에게 바라는 것을 내가 먼저 내 삶에서 시작하고, 내 일상에 강한 자신감을 갖고 실패든 성공이든, 끝을 보고 돌아봐야 한다. 시작과 끝을 본 경험, 그러니까 그 일의 뿌리와 꽃을 모두 본 경험이 우리 삶의 정체성을 찾게 해준다.

내가 원하는 세상을 만드는
호칭의 힘

"저기요!"

"여기 좀 보세요."

세상에는 다양한 종류의 호칭이 있는데, 때론 이렇게 기품이 느껴지지 않는 표현으로 상대를 부를 때도 있다. 얼핏 존대를 하는 것처럼 느껴지지만, 반대로 무시하는 느낌도 강하게 든다. 무시당하는 느낌은 시간이 지날수록 강해지고, 결국에는 상대에 대한 비난과 분노로 이어진다.

관계와 친밀도에 따라 호칭이 참 애매할 때가 있다. 하지만 그럼에도 우리가 호칭에 주의해야 하는 이유는, 우리는 부르는 대로 보고 듣고 말하며 얻을 수 있기 때문이다. '선생님'이라고 부르면 배울 것을 얻을 수 있고, '사랑하는 사람'이라고 부르면 따스한 마음을 얻을 수 있고, '나쁜 놈'이라고 부르면 나쁜 감정을 내 안에 심게 된다. 호칭 하나가 그 사람의 평판을 결정하기도 한다. 호칭은 부르는 자의 몫이다. 그래서 우리는 더욱 적절한 호칭을 찾을 필요가 있다.

우리가 흔히 사용하는 호칭 중에 '님'이라는 말이 있다. '님'이라는 호칭은 사실 '존경'의 마음을 담은 표현이다. 하지만 요즘에는 각종 SNS에서 잘 모르는 사람을 부를 때 가장 안전한 표현으로 사용하고 있다. 원래의 의미는 매우 좋지만, 사회적인 분위기가 다른 의미를 부여하고 있다면 좋게만 볼 수 없는 게 사실이다.

간혹 후배 작가나 작가 지망생 중에 내게 조언을 구하면서 "종원 님"이라고 부르는 사람이 있다. 물론 나는 나를 어떻게 부르든 상관하지 않는다. 호칭은 불리는 사람이 아니라 부르는 사람에게 큰 영향을 끼치기 때문이다. 하지만 적어도 작가를 꿈꾸는 사람이라면 내 성을 넣어서 '김종원 작가님'이라고 부르는 게 좋다. 스스로 원하는 호칭을 불러야 그 꿈에 다가설 수 있다. '작가님'이라고 불러야 상대에게 존재하는, 작가가 될 아주 작은 단서라도 발견해서 배울 수 있다. 호칭을 제대로 부르지 않는 것은 스스로 배움을 포기하는 행위나 마찬가지다.

누군가를 처음 만났을 때에도 호칭은 매우 중요하다. 처음 만나는 사람과 제대로 대화하기 쉽지 않은 이유는 너무나 당연한 이야기지만, '잘 모르는 사람'이기 때문이다. 모르는 사람과 첫 대화를 시작하는 순간에는 떨림과 기대가 동시에 느껴진다. 그리고 그 모든 대화는 호칭에서 시작한다. 그런데 첫 대화에서 주로 하는 실수는 대개 호칭과 관련이 있다. '교수님'이나 '작가님', '선생님', '부장님' 등 정확한 호칭을 선택해서 불러야 하는데 '저기요', '여기요', '아저씨', '아줌마' 등으로 상대를 불러서 오해를 사거나 대화가 원하는 방향으로 흘러가지 않는 경우가 있다. 우리는 호칭을 선택할 때 '예민함'이 아닌 '섬세한 마음'으로 접근해야 한다.

이런 상황을 상상해보자.

- 식사를 하는데 앞에 앉은 지인이 자꾸만 소리를 내며 음식을 먹는다.
- 입 안에 음식이 가득 담겨 있는 상태에서 대화를 시도해서 자꾸 음식물 찌꺼기가 날아온다.

자주 만나는 지인이나 연인 혹은 가족의 경우 안 좋은 식사 습관이 있다면 신경에 거슬릴 수밖에 없다. "사랑으로 이해하라", "신경 쓰지 말고 본인의 식사에만 집중하라" 등의 조언은 사실 현실성이 떨어진다. 늘 두 사람만 같은 공간에 존재하는 게 아니기 때문이다.

여럿이 함께 식사할 때에는 창피한 생각이 들기도 할 것이고, 기분이 안 좋은 날에는 '쩝쩝' 소리를 내며 입 안에 음식을 가득 넣은 상태에서 대화를 하는 모습에 짜증이 밀려올 수도 있다. 게다가 조용히 식사하며 격식을 갖춰야 하는 장소에서도 습관적으로 큰 소리로 말하는 상대방을 보면 '도대체 어떤 말로 이 사람의 버릇을 고쳐줄 수 있을까?'라는 고민이 깊어진다. 하지만 그런 마음으로 상대를 한참 바라보면 이를 알아챈 상대는 감정이 담긴 눈빛으로 '왜, 왜?'라고 이유를 물으며 '네가 무슨 말만 시작하면 바로 전쟁 시작이다!'라는 메시지를 보낼 것이다. 참 쉽지 않은 문제다. 그렇다고 상대를 계속 내버려둘 수도 없다. 계속 볼 수밖에 없는 사람이라면 최대한 좋은 마음으로 대화를 시도하며 변화를 요구해야 한다. 이때도 호칭이 중요하다. 호칭은 그 사람을 부르는 소리다. 결국 상대는 나의 호칭에 따라 다른 반응을 보이게 된다.

나는 '배움과 발견의 관점'에서 호칭을 결정한다. 글을 배우고 싶다면 '작가님', 같은 직장에 다니지는 않지만 그의 업무 스타일을 배우고 싶다면 '과장님', 앞의 상황처럼 타인의 잘못을 부드럽게 알려주고 싶다면 '맛있게 드시는'이라는 표현을 '선생님'이나 '부장님'이라는 호칭에 연결해서 부른다.

아무리 생각해도 적합한 호칭을 발견할 수 없다면 스스로 적절한 표현을 정해서 부르면 된다. 나는 예쁜 마음을 전하고 싶은 사람에게는 '엔젤'이라고 부르기도 하고, 볼 때마다 행복해지기를 바라는 사람에게는 '5월의 햇살'이라고 부르기도 한다. 그들을 부르며 나는 그들의 말과 생각에서 천사의 마음과 햇살처럼 따스한 정성을 배울 수 있다.

우리는 얼마든지 스스로 따뜻해질 수 있다. 봄은 계절이 아니라 그것을 간절히 원하는 사람이 부르면 온다. 호칭을 생각할 때 늘 기억하자.

"오늘 내가 보내는 현실은 과거 내가 언젠가 부른 날이다.
좋은 꿈도, 희망도, 행복도 내가 부르면 온다."

현명하게 사과하는 사람만이
실수의 사막을 건넌다

"네가 잘못했잖아, 그럼 나한테 사과해야지."

실수하지 않는 사람은 없다. 누구나 때때로 사과를 해야 할 상황에 놓인다. 중요한 것은 실수를 하지 않는 게 아니라 현명하게 사과하는 모습을 보여주는 것이다.

자신의 잘못이 분명할 때 어떤 방법으로 사과를 하는가? 가장 안 좋은 사과는 본인의 사과에 타인의 과거를 끌어들이는 것이다.

"너는 예전에 더 심했잖아!"

"너는 그렇게 생각한 적 없어?"

"혼자 도덕군자인 척하지 마!"

실수는 우리를 사막에 놓이게 한다. 어디로 가야 할지 막막하고, 주변에 나를 응원하는 사람도 보이지 않기 때문이다. 고통스러운 상황을 현명하게 빠져나와야 한다. 현명하게 사과하는 사람은 사과할 타이밍을 잡는 안목이 다르다.

다음에 제시하는 여섯 가지 방법을 제대로 활용한다면 이전과는 다른 방식으로 사과하고, 현명하게 실수의 사막을 건너갈 수 있게 될 것이다.

내 실수만 꺼내자

사과의 제1원칙은 '내 실수만 논하면 된다'는 것이다. 한참 사과를 하다가 "너는 뭐, 잘못 없어?"라는 말을 꺼내면 모든 사과와 반성의 시간도 함께 사라진다. 사과의 이유는 늘 본인에게서 찾아야 한다. "이게 잘못이라면 사과하겠습니다"라는 표현도 듣는 사람에게 부정적인 느낌을 준다. 물론 이 말 앞에 많은 의미를 부여했겠지만, 상대는 아마 실수를 인정하지 않고 가르치려고 드는 당신의 사과에 다시 화날 것이다. '이게 잘못이라면'이라는 표현에는 '잘 알지도 못하면서'라는 의미가 녹아 있기 때문이다.

진정한 사과에는 설명이 필요 없다

사과는 길 필요가 없다. "죄송합니다" 혹은 "정말 죄송합니다"라는 짧은 말이면 충분하다. 괜히 "이번에는 제가 죄송합니다" 혹은 "상처를 받으셨다면 죄송합니다"라는 표현으로 상대의 자존심과 마음을 긁지 마라. '이번에는'과 '상처를 받으셨다면'이라는 표현은 결국 내가 아닌 상대를 자꾸만 잘못된 상황에 끌어들이는 것에 불과하다. 설명하려고 하지 말고, 실수를 사실대로 표현하는 데 힘을 기울이자. 모든 설명은 변명처럼 들릴 뿐이다. 잘못을 했으면 자신의 이야기만 하자. 그럼 모든 일이 깨끗하게 해결된다.

문장을 연결하지 말자

모든 사과는 "죄송합니다"로 시작해서 "죄송합니다"로 끝나야 깔끔하다. 중간에 '죄송하지만'이라는 표현이 시작되는 순간, 상대는 바로 이렇게 생각한다.

'또 무슨 변명을 하려고 하나?'

'그래, 너도 할 말이 있다, 이거지?'

문장과 문장을 어설프게 연결하지 말자. 상대에게 이런 생각을 들게 하는 말은 결코 사과의 기능을 할 수가 없다. 이런 사과는 오히려 나중에 더 큰 화를 초래한다.

가정법을 버려라

"당신의 마음을 상하게 했다면 죄송합니다"라는 표현도 매우 부

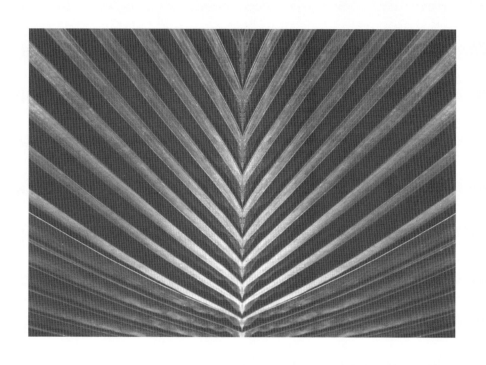

"자존심과 설득으로 우리가 얻을 수 있는 것은
혼자 외롭게 사막에 남겨진다는 현실뿐이다."

적절하다. 듣는 사람 입장에서는, '나는 절대 잘못한 게 없지만 네가 그렇게 받아들였다면 미안하다고 말해줄게' 혹은 '다른 사람은 괜찮던데, 너는 그렇구나. 그럼 미안한 것처럼 연기할게' 정도로 해석될 수 있다. 장난스럽게 느껴지거나 훈계받는 기분이 들기도 한다. '네가 다른 사람보다 까다로워서 원한다면 할 수 없이 사과하겠다'는 의미로 들리기 때문이다.

무의식의 힘을 빌리지 말자

이번에는 정말 자각하기 힘든, 서툰 사과인데 "내가 착각했네, 미안" 등의 말로 잘못을 표현하는 것이다. 이는 심각한 오해를 불러일으킬 만한 표현은 아니지만, 그렇다고 제대로 된 사과라고 볼 수도 없다. 듣는 사람에게는, '그건 내가 의도한 건 아니지만 사과하지, 뭐!' 혹은 '실수한 건데 뭘 그렇게 난리야?'라는 의미로 들리기 때문이다.

한 번에 깔끔하게 하자

"그렇게 생각해야 네가 편하겠지?"

"그걸 지금 사과라고 하는 거니?"

적절한 사과를 했다고 생각했지만 상대가 이런 반응을 보인다면 다시 사과해야 한다. 사과는 한 번에 깔끔하게 끝내지 않으면 시간이 갈수록 더 어려워진다. 사과는 횟수가 늘어날수록 더 많이 수그리고, 더 많이 표현해야 하기 때문이다.

좋은 방법이 하나 있다. 거울을 분노한 상대라고 생각하고 준비한 사과를 실제처럼 해보는 것이다. 표정과 말투에서 정말 사과하는 것이 느껴지는지 몇 번 연습해보면 고쳐야 할 점이 무엇이고, 어떤 점이 부족한지 느낌이 올 것이다.

'처음부터 그렇게 사과하면 좋았을 텐데…….'

사과는 후회를 남기면 안 된다. 누구나 실수할 수 있다. 사과는 '실수'라는 사막을 무사히 건널 수 있게 도와주는 조력자다. 절대 나를 망치고 부끄럽게 하는 존재라고 생각해서는 안 된다.

나를 지지하는 사람을 믿고 버티는 것도 좋은 선택은 아니다. 나를 지지하는 사람은 늘 곁에 있어서 숫자가 많은 것처럼 느껴질 수 있다. 하지만 나에게 손가락질을 하고 싶어 손이 근질근질한 수많은 사람들이 지켜보고 있다는 사실을 언제나 기억해야 한다.

아무리 좋은 방법을 알아도 사람의 마음이란 자기 자신도 제어하기 힘든 게 사실이다. 말이 생각처럼 나오지 않을 때에는 다음 글을 마음으로 읽어보리.

"자존심을 세우면 마음이 멀어지고,
설득하려는 사람은 비난만 받게 된다.
자존심과 설득으로 우리가 얻을 수 있는 것은
혼자 외롭게 사막에 남겨진다는 현실뿐이다."

기억하라.

"때를 놓치면 사람도 놓친다."

현명한 토론을 위한
7가지 자세

인생은 결국 토론의 연속이다. 서로가 자기 의견을 나누며 관계가 좋아지기도, 반대로 망가지기도 한다.

나는 대가들의 삶에서 현명하게 토론하는 일곱 가지 방법을 찾았다. 다음에 제시하는 일곱 가지 토론 자세를 기억하고 일상에서 실천하면 말의 서랍을 풍성하게 만들어 자신이 원하는 관계와 삶을 만들 수 있을 것이다.

오래 듣고, 짧게 답하라

상대의 이야기를 오래 들어야 하는 이유는 내 생각을 짧게 요약할 시간을 벌어야 하기 때문이다. 상대의 이야기를 최대한 오래 들어야 그의 마음을 알 수 있고, 나의 주장을 정리할 시간을 가질 수 있다.

모르는 것은 기회다

실패가 성공으로 가는 최고의 기회인 것처럼, 토론에서 잘 모르는 질문을 받는 순간도 상황을 좋게 이끌어나갈 기회다. 모르는 것을 아는 척하며 두리뭉실하게 넘기기보다는 잘 모르는 부분을 제대로 상대에게 말하며 가르침을 얻는 게 낫다. 배우려는 자를 비난할 사람은 없다. 배움의 자세는 언제나 상대에게 좋은 느낌을 준다.

모두가 분노하는 토론에서 빠져나오기

두 사람이 토론하고 있는데 둘 다 화를 내고 분노하고 있다면 두 사람 모두에게 잘못이 있을 가능성이 높다. 그런 상태에서는 토론이 제대로 이루어질 수 없다. 영국의 철학자 칼라일Thomas Carlyle은 "남과 토론할 때 화를 낸다면 그것은 이미 진리를 위하여 다투는 것이 아니라 자기 자신을 위하여 다투고 있는 것이다"라고 말했다. 토론을 통해서 조금이라도 무언가를 얻고 싶다면 먼저 분노에서 빠져나와라. 분노에 남아 있는 자가 아니라 먼저 빠져나오는 자가 무언가를 얻을 수 있다.

분노에는 귀만 기울여라

타인의 분노는 반드시 경청해야 한다. 그 사람이 정말 하고 싶은 이야기일 수도 있기 때문이다. 귀 기울여 들어야 그의 아픔을 느낄 수 있다. 이때 개입은 금물이다. 분노는, 들어가기는 쉽지만 나오기는 힘든 늪이다. 같이 분노하지 말고, 그가 왜 분노하는지 이유를 파악하고 해결책을 생각하라.

빈틈없는 사람은 없다

토론을 하다 보면 도무지 틈을 찾을 수 없는 사람을 만날 때도 있다. 가볍게 웃으며 어떤 상황에서도 흔들리지 않는 사람을 만나면 토론하기 쉽지 않은 것이 사실이다. 하지만 그럴수록 더욱 쉽게 생각해야 한다. 세상에 빈틈이 없는 사람은 없다. 오히려 빈틈이 없어 보인다는 것은 빈틈이 없는 사람으로 보이기 위해 자신을 자제하고 있다는 증거다. 그 사실을 인지하는 것과 인지하지 못하는 것은 자신감 면에서 큰 차이가 난다. 상대도 떨고 있다는 사실을 기억하자. 빈틈이 오히려 최고의 전략일 수도 있다.

심사가 뒤틀린 사람은 피하라

나만 옳다고 말하는 사람을 만나면 어떤 사실과 지식으로도 토론을 할 수 없다. 어떤 위대한 성인도 그런 사람을 만나 토론을 하면 같은 수준으로 전락한다. 이를 두고 괴테는 "무지한 인간을 상대로 다투어 무지에 빠지지 않는 현자는 없다"고 말했다. '내가 모든 사람을 설득할 수 있다'는 생각을 버리는 게 우선이다.

세상에는 말이 통하지 않는 사람도 있다. 대화가 통하지 않는 사람에게 대화를 거는 것처럼 바보 같은 일은 없다. 그런 사람은 피하라. 피하는 것도 때로는 현명한 전략이다.

변화를 강요하지 말자

토론은 이기려고 하는 게 아니라는 사실을 반드시 명심해야 한다. 토론은 전쟁이 아니다. 상대의 주장에서 그가 생각하는 진실의 고리를 파악하고, 그것을 통해 내가 펼칠 수 있는 생각의 범위를 확장하는 게 토론의 목적이다. 생각의 변화는 상대가 아니라 내 삶에서 이루어져야 한다. 토론을 할 때에는 각자 자신에게 집중하는 게 최선이다. 남의 생각을 바꾸는 게 아니라 내 생각을 바꾸는 게 토론의 목적이라는 사실을 기억하자.

간혹 토론장에서 연설을 하거나 강의를 하려는 사람이 있는데, 정말 최악의 태도다. '치열하게 토론한다'는 표현은 상대를 설득하고 짓누르기 위해 분투한다는 의미가 아니다. 승패가 아니라 내면에서 일어나는 생각의 변화에 집중하는 것이 좋다. 그것이 바로 토론을 통해 성장하는 사람들의 공통점이다.

　토론을 할 때에는 길게 듣고, 짧게 답하는 것이 최선이다. 이를 위해서는 토론을 하는 내내 '이 사람은 이렇게 생각하는구나', '이렇게 생각할 수도 있겠구나'라는 생각으로 임하는 것이 좋다. 그래야 토론을 하는 동안 나와 타인에게서 발생하는 생각의 차이를 발견할 수 있고, 그 간극에 무엇이 존재하는지 연구하고 파악할 수 있다. 이것이 중요한 이유는, 그러면서 우리는 한 사람이 지금까지 살아온 세상을 이해할 수 있기 때문이다.

　토론은 세상을 이해하기 위해서 하는 것이지, 세상을 이기려고 하는 게 아니다. 세상에, 세상을 이길 수 있는 사람은 없다. 세상과 사람은 이해의 대상이다. 그것이 바로 토론이 우리에게 주는 결론이자 가르침이다.

언어의 수준이
내 삶의 수준을 결정한다

"사실 저는 정말 쿨한 사람입니다."

이렇게 말하며 누군가를 비판하는 사람은 그의 말처럼 쿨하지 않을 가능성이 매우 높다. 일단 쿨하다면 상대를 비판하지도 않을 것이다. 굳이 자신을 쿨하다고 말하는 이유는 분노를 정당화하려는 의도가 있기 때문이다.

"왜 생각의 다양성을 인정하지 않나요!"

간혹 이런 말을 하는 사람이 있다. 그런데 알고 있는가? 지금 그대도 생각의 다양성을 인정하고 있지 않음을.

'솔직히 말하자면'이라고 시작하는 말은 그간 솔직하지 않았다는 어설픈 고백이며, "당신이 불편했다면 미안합니다"라는 말은 사과가 아닌 자기 보호에 불과한 표현이며, "넌 바로 그게 문제야!"라는 분노의 지적은 닫힌 상대의 마음을 아예 열지 않겠다는 다짐과도 같다.

우리가 일상에서 표현하는 언어의 수준은 우리가 사는 현실의 수준을 그대로 보여준다. 삶의 수준을 높이고 싶다면 언어를 표현하는 수준에 변화를 줘야 한다.

삶보다 언어가 먼저다. 언어가 지나간 자리를 따라 삶이 지나간다. 그대의 삶이 어디로 가길 바라는가? 앞이 보이지 않는 암흑으로 가득한 분노의 길? 아니면 희망이 가득한 행복의 길?

모든 것은 오늘 그대가 표현한 언어의 수준이 결정한다. 듣기만 해도 기분이 좋아지고, 바라보는 모든 것을 사랑하게 만드는 근사한 표현을 자주 하며 살자.

"내가 표현한 언어의 수준이
내가 살아갈 삶의 수준이다."

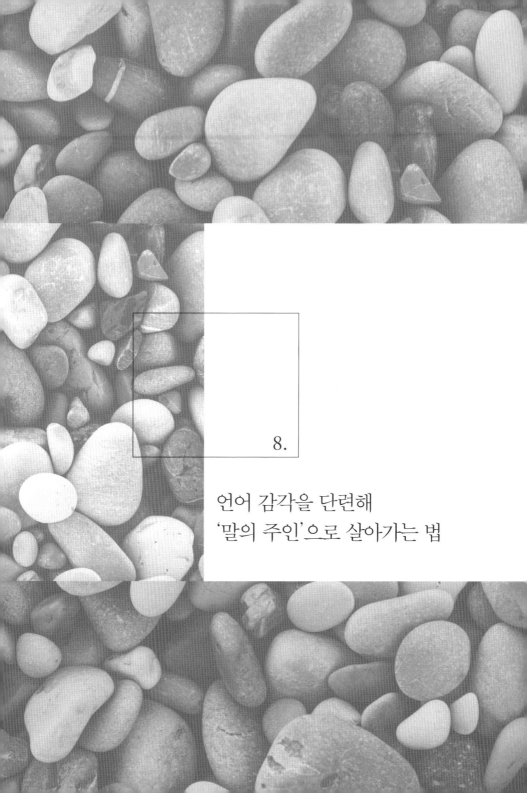

8.

언어 감각을 단련해
'말의 주인'으로 살아가는 법

내가 추구할
'말의 길'을 찾는 법

　　말에는 다양한 능력이 있다. 말은 사랑을 시작하게도 이별을 결심하게도 하고, 최선을 다하게도 모든 것을 포기하게도 한다. 우리가 가진 능력 그 이상을 펼치고 싶다면 말을 잘 활용해야 한다. 그것은 나 자신에게 하는 말일 수도, 타인을 위한 것일 수도 있다. 결국 말은 우리의 삶을 결정하는 매우 중요한 요소 중 하나다.

　　말과 사람은 서로 제대로 연결되어야 한다. 나는 처음 만나는 사람이라도 그 사람이 하는 말을 10분 정도 가만히 경청하다 보면 그 사람에게 어떤 말이 필요하고, 어떤 말을 자제해야 하는지 '말의 길'이 보인다. 그래서 가난한 사람에게는 부를 부르는 말을, 일상이 지루한 사람에게는 황홀한 일상을 부르는 말을, 꿈이 없는 사람에게는 사랑하는 일을 부르는 말을 찾아 알려준다. 물론 상대에게 티를 내지는 않는다. 그저 만날 때마다 티 내지 않고 도움이 될 말을 그가 자주 사용할 수 있도록 돕는다. 힘이 들기는 해도 나는 그보다 더 근사한 일을 본 적이 없다. 말 한마디로 한 사람의 꿈을 찾아주고, 희망을 안겨주는 일이니까.

지금은 세계를 호령하며 강렬한 카리스마를 발산하는 발레리나 강수진도 나약한 시절이 있었다. 사실 그녀는 매우 소심한 성격의 아이였다. 사람들이 많이 다니는 곳에서는 고개를 들어 앞을 똑바로 바라보지 못할 정도로 수줍은 성격이었던 어린 강수진에게 하루는 믿을 수 없을 정도로 놀라운 일이 일어났다.

어머니와 함께 시장에 갔는데, 그날도 마찬가지로 그녀는 차마 고개를 들지 못하고 앞서 걷는 어머니의 치맛자락을 잡고 땅만 바라보며 걸었다. 얼마나 시간이 지났을까? 문득 '뭔가 이상하다!'는 생각에 정신을 차리고 고개를 들었는데, 어머니가 아닌 다른 여자의 치맛자락을 잡고 있었다. 두려움에 겁먹은 그녀는 그 자리에서 울음을 터뜨렸다. 지금 생각하면 상상도 되지 않는 그녀의 모습. 그런 그녀가 어떻게 5개 국어를 구사하며 세계를 누비는 최고의 발레리나가 될 수 있었을까? 거기에는 숨겨진 이유가 있다.

그녀는 따로 언어를 배우지 않았다. 홀로 스스로 부딪혀가며 몸으로 언어를 배웠다. 아무리 긴 시간 위대한 스승에게 배워도 언어는 쉽게 정복하기 힘든 대상인데, 독학으로 5개 국어를 모두 섭렵한 그녀의 힘은 대체 어디에서 나온 걸까? 그녀는 이렇게 말한다.

"그 나라의 언어를 알아야 문화를 제대로 알 수 있고, 그 나라 사람의 마음을 이해할 수 있어야 그를 감동시키는 발레를 할 수 있다."

그녀의 노력은 거기서 멈추지 않는다. 그녀의 삶을 상징하는 하루 18시간 연습과 30년 넘게 최고의 자리를 유지한 비결은 '하나 더 하기 하나' 마인드다. 기존의 일에 업무가 하나 더 추가되거나 공부해야 할 과목이 하나 더 추가되면 보통은 기존에 하던 것 중 하나를 빼려고 한다. 시간이 부족하다는 이유에서다. 하지만 그녀는 어떻게든 지금까지 하던 것을 그대로 유지하면서 동시에 하나 더 추가할 방법을 생각해냈다. 발레를 하면서 언제나 성적도 상위권이었고, 남자들과 훈련을 함께 할 정도로 체력도 최고였지만 동시에 기술적인 부분과 언어, 그 나라의 문화까지 따로 시간을 내서 배웠다. 그런 시간을 반복한 그녀의 삶은 우리에게 이렇게 말한다.

"이 정도면 됐다고 생각하며 멈출 때 그의 예술 인생도 거기서 멈춘다."

어머니의 치맛자락을 잡고 다닐 정도로 나약했던 그녀를 일으켜 세운 말은 매우 단순하다. 힘이 들 때마다 그녀가 자주 사용하는 표현은 "까짓것, 해보자"라는 말이다. 그 한마디가 말의 길이 되어 나약한 그녀의 삶을 일으켰다.

세상에 길이 있는 것처럼 말에도 나름의 길이 있다. 제대로 된 길을 발견하지 못하는 사람은 평생 방황하며 살고, 제대로 된 길을 찾는 사람은 모든 걸음에 축복이 함께한다. 박수를 받으며 걷는 사람과 비난과 야유를 받으며 걷는 사람, 이 중 누가 더 강한 자존감을 갖고 맡을 일을 제대로 처리할 수 있을까? 그것이 바로 나만을 위해 준비된 말의 길을 찾아야 하는 이유의 전부다.

표현을 섬세하게 다듬는
글쓰기 방법 5가지

우연히 찾은 식당에서 근사한 맛을 경험했을 때, 내게 잠을 허락하지 않은 독서의 감동을 전하고 싶을 때, 스스로 선택해서 구매한 제품의 성능에 반해 추천하고 싶을 때, 그 감동과 즐거움을 누군가에게 전하려고 하다가 멈칫하게 된다. 이유는 간단하다. 색다른 표현이 생각나지 않고, 지극히 당연한 표현만 입에서 맴돌기 때문이다. '즐겁다' 혹은 '지루하다', '행복하다' 혹은 '불행하다', '맛있다' 혹은 '맛없다', 이런 식의 표현으로는 당시 받았던 느낌을 제대로 전달할 수가 없다. 그래서 다시 우리는 이 명언을 기억해야 한다.

"언어의 한계가 그 사람의 한계다."

감정을 버리고 쓰기 시작하자

감정을 실어 글을 쓰지 말자. 특히 부정적인 감정은 다른 표현을 생각해내는 데 아무런 도움도 안 된다. 감정을 앞에 내세우면 다른 표현이 생각나지 않는다. 감정이 그 사람의 언어를 지배하기 때문이다. 분노한 내가 아닌 존재하는 나를 바라보라. 상황을 중심에 두고 글을 쓰기 시작하라. 상황의 힘이 감정을 조금씩 사라지게 할 것이다.

표현하고 싶은 대상 그 자체가 되어라

"네가 그 처지가 되면 그렇게 말할 수 없을 거야"라는 식의 이야기를 가끔 듣거나 하게 된다. 상황을 조금 더 섬세하게 표현하기 위해 가장 좋은 방법은 표현하려는 그 대상 자체가 되어보는 것이다. 밖에서 안을 상상하는 게 아니라 안에서 밖을 봐야 한다. 이는 매우 중요한 부분이다. 밖에서는 안을 상상할 수밖에 없지만, 안에서는 밖을 선명하게 바라볼 수 있다. 그래서 그 대상 자체가 된 사람의 표현은 섬세한 동시에 선명하다.

만약 성능이 좋은 에어컨에 대해서 글을 쓰고 싶다면 지금 당장 시간을 멈추고 스스로 에어컨이 되어라. 온도를 확인하고, 더운 날 밖에서 돌아가는 실외기의 마음에 접속을 해보고, 에어컨 본체가 되어서 인간에게 차가운 바람을 제공하는 그 마음을 안아보자. 상상과 현실은 다르다. 그것을 상상하지 말고 현실로 느껴라.

한 줄로 표현하는 습관을 갖자

지하철에서 어떤 풍경을 바라보며, 혹은 직장에서 동료들이 대화를 나누는 장면을 관찰하며 그저 그 상황을 바라보는 데 그치지 말고 한 줄로 표현하는 습관을 갖는 게 좋다. 한 줄로 상황을 표현하는 것은 생각보다 쉬운 일이 아니다. 10분 혹은 한 시간 이상의 일을 한 줄로 압축해야 하기 때문이다. 하지만 그런 습관을 들이면 상황을 대하는 마음이 바뀌면서 더 많이 생각하게 되고, 그 모든 노력과 시간이 내 언어의 한계를 넘어서는 데 결정적인 역할을 할 것이다.

지식이 아닌 마음을 전하자

자꾸만 지식을 전하려는 생각은 내가 표현할 수 있는 언어의 한계를 만든다. 지식이 아니라 마음을 전한다는 생각으로 접근해야 한다. 지식을 자랑한 글이 아닌 읽기 편하고 이해하기 쉬운 글에서 우리는 가치를 발견한다. 외국어나 전문용어 사용에 주의하고, 중학생도 읽고 감동할 수 있는 글을 쓰자.

대체할 수 있는 표현을 만들어두자

글을 쓰면서 단어와 문장을 섬세하게 사고해야 한다. 앞에서 언급한 것처럼 상황을 '즐겁다' 혹은 '지루하다', '행복하다' 혹은 '불행하다', '맛있다' 혹은 '맛없다'로밖에 표현할 수 없는 이유는 다른 표현을 생각한 적이 없기 때문이다. '맛있다'를 대체할 표현을 생각하고, 상대에게 표현할 방법을 반복해서 생각하면 자연스럽게 표현력이 좋아지고, 동시에 하나의 대상을 바라보는 관점도 다양해진다. 나는 음식을 즐길 때에도 늘 다르게 표현하려고 노력한다. '맛있다'라는 지루한 표현보다는 "입으로 선물을 받은 것 같다"고 말하는 등 다양한 방식으로 감동을 전한다.

가장 중요한 것은 계속하는 마음이다. 글을 계속 써야 표현할 수 있는 범위가 확장되고, 나와 다른 감정과 다른 의견을 가진 사람을 고려한 글을 쓸 수 있게 된다.

글은 곧 말로 이어진다. 내가 말하고 싶은 주제를 심도 있게 파헤치다 보면 우리가 가진 표현의 바다는 깊고 넓어진다. 언어의 한계가 그 사람의 한계라면, 다른 인생을 살고 싶다면 다르게 표현하면 된다.

"다른 표현이 다른 말을 하게 하고,

다른 말이 다른 삶을 살게 한다.

섬세하게 표현을 다듬고 근사하게 말하자.

그러면 그런 삶을 살게 될 것이다."

뭘 해도 잘되는 사람의
특별한 표현법

세상에는 참 이상한 게 많다. 대표적인 것 중 하나가 바로 이것이다.

'같은 책을 읽고, 같은 교육을 받고, 같은 강연을 들어도 늘 되는 사람만 된다.'

이유를 알 수 없는 상황이 반복되면 자신에게 질문을 던져보자.

"나는 왜 안 될까?"

내가 찾아낸 이유 중 하나는 표현이다. 공부하고 배운 만큼 성장하는 사람들의 삶은 우리에게 이렇게 말한다.

"사소한 표현이 위대한 성장의 결과를 좌우한다."

세상에는 배우지 못하는 사람들이 존재한다. 그들은 아무리 많은 책을 읽고 수업을 받아도 현실에서 전혀 전진하지 못한다. 그 이유는 그들이 자주 사용하는 표현에 있다.

"인정한다!"

이것이 바로 그들의 성장을 망치는 표현이다. '인정한다'는 말은 상대를 기분 좋게 만드는 단어가 아니다. '인정'이라는 것이 동등한 관계에서 하는 것은 아니기 때문이다. 아들이 아버지에게 "당신을 인정한다"고 말하지는 않는다. '인정한다'는 표현은 배움과 성장을 가로막는 대표적인 교만한 단어다.

만약 당신이 '성장'에 대한 고민을 하고 있다면 성장하지 못하는 이들이 자주 사용하는 다음 표현을 살펴보며 일상을 돌아보라.

책임을 회피한다

"당신의 잘못을 반성하세요."

어떤 일이 생겼을 때 그들이 자주 사용하는 표현이다. 그래도 존대를 하니까 예의가 바르다는 생각을 할 수도 있지만, 문제는 그들이 자기 주변에서 일어나는 모든 안 좋은 일의 책임을 주변 사람들에게 돌린다는 것이다. 책임을 지지 않는 자세가 나쁜 이유는, 그런 자세로는 모든 일에서 아무것도 배울 수 없기 때문이다. 실패가 성장의 밑거름이 되지 않는 이유는 책임을 지지 않기 때문이다. 사소한 일이라도 내가 책임질 때 비로소 우리는 무언가를 배울 수 있다.

"지식은 스스로 자신의 빛을 결정할 수 없다.
그것을 보고 듣고 이해하는 사람이 지식의 빛을 결정한다."

좋은 게 거의 없다

"내가 그런 거 싫어하는 거 알지?"

그들에게는 좋은 게 별로 없다. 맛집에 가면 주차가 힘들어 싫다고 하고, 평범한 식당에 가면 맛이 없다고 불평한다. 안 좋은 점만 찾아 불평하려고 작정한 사람처럼 산다. 불평 그 자체는 나쁜 게 아니다. 문제는 좋은 게 없다는 점이다. 나쁜 점은 사실 발견하기 쉽다. 그것은 대개 드러나 있기 때문이다. 중요한 건 좋은 것을 발견하는 힘이다. 그것을 발견하기 위해서는 깊은 생각과 치열한 관찰이 필요하다. 그래서 세상의 모든 좋은 것들은 그것을 찾으려는 사람에게 사색이라는 근사한 선물을 준다. 좋은 것을 찾자. 그것이 우리에게 주어진 시간을 효율적으로 보낼 수 있는 최선의 방법이다.

비난하는 자신을 스스로 방어한다

"네가 잘못했네, 오늘 일어난 나쁜 일은 모두 네 책임이야."

책임을 회피하고, 좋은 게 거의 없는 것을 연결한 표현이다. 극도의 부정적인 표현이라고 볼 수 있다. 그들은 식당에서 음식을 맛볼 때마다 거의 90% 이상 이렇게 맛을 표현한다.

"건강에는 좋은 것 같은데, 내가 잘 몰라서 그런가? 대중적이지 않네."

일단 크게 비난하기 위한 포석으로 작은 칭찬을 하며 '나는 착하다', '나는 대중적이다'라는 식의 전제로 말을 시작한다. 그리고 중간에는 "내가 잘 몰라서 그런가?"라는 식으로 빠져나갈 구멍을 만들어놓는다. 그렇게 모든 것을 완벽하게 만든 다음에는 아주 사소한 부분까지 면밀하게 결점을 찾아서 시원하게 비난한다. "이게 팩트지!"라는 표현을 자주 사용하며 나쁘다는 주장에 힘을 싣고, 그게 대중적인 시선과 관점이라고 주입한다.

배운 만큼, 아니 그 이상 성장하는 사람이 되고 싶다면 이들과 반대로 생각하고 말하면 된다. 관점을 아예 바꿔야 한다. '인정한다'는 표현을 버리고, "또 하나 배웠습니다"라고 말하며 행동해야 한다.

"제 잘못입니다. 반성합니다."

"모르는 부분은 제가 더 공부하겠습니다."

이런 방식으로 생각하고 말하면 배우고 듣는 모든 것이 성장의 밑거름이 된다. 지식은 스스로 자신의 빛을 결정할 수 없다. 그것을 보고 듣고 이해하는 사람이 지식의 빛을 결정한다.

"우리는 모두 스스로 빛날 수 있다.
빛은 오직 지식을 대하는 우리의 자세가 결정한다."

품격 있는 대화를 완성하는 감정 조절법

세상에는 수많은 대화법이 있는데, 그중에서 늘 빠지지 않는 포인트는 '품격 있는 대화'를 위한 조언이다. 하지만 그런 종류의 책을 읽은 독자들은 언제나 이렇게 응수한다.

"이성적으로는 모든 조언을 이해하지만, 분노가 시작되면 주체하기가 힘들다."

나는 그 말을 받고 다시 이렇게 질문해봤다.

"우리는 왜 분노를 주체하지 못할까?"

품격 있는 대화에 관한 조언은 이미 많이 들었으니, 이제 우리를 괴롭히는 분노만 주체하면 모든 것을 원하는 대로 이룰 수 있다. 문제 해결을 위해서는 질문으로 본질에 다가가야 한다. 다시 질문한다.

"우리는 왜 분노하는가?"

나는 자신의 분노를 제어하지 못하는 사람들에게서 나타나는 특징 네 가지를 포착했다. 이를 반면교사 삼아 품격 있는 대화를 완성하는 감정 소셜법을 익혀보자.

믿음과 의지를 구분하자

"너를 믿었는데, 실망이다."

힘들면 잠시 누군가의 어깨에 기댈 수도 있다. 하지만 누구도 기댄 채 걸을 수는 없다. 다시 앞으로 나갈 때에는 혼자 걸어야 한다. 믿음은 좋은 것이지만, 누군가를 믿는 마음과 의지하는 마음은 구분해야 한다. 서로 믿으며 목표를 향해 뛰어가야지, 업혀 가는 게 아니라는 사실을 기억해야 한다.

일이 잘 풀리지 않거나 인생이 마음처럼 되지 않을 때 내 마음을 안아주는 누군가를 찾게 된다. 그런데 이를 통해 마음의 평화를 얻을 수는 있지만, 그 평화가 날 대신해 걸어주지는 않는다. 다시 걷는 것은 내 몫이다. 모든 것은 내 몫의 아픔이고, 내 몫의 슬픔이라는 사실을 잊지 말자.

답 없는 말에 응수하는 법을 배워라

세상에는 딱히 답하기 힘든 말이 몇 개 있다. 그중 대표적인 것이 "다 그런 건 아니죠!"라는 표현이다. 어디에도 완벽하게 들어맞는 이론은 없다. 내가 쓴 100개의 단어 중 딱 하나만 골라서 "이건 아니네요!"라고 말하는 사람에게 딱히 들려줄 말을 찾아내기는 쉽지 않다. 다시 트집을 잡고 내 말을 인정하지 않을 게 뻔하기 때문이다.

만약 지금 당신 앞에 "다 그런 건 아니죠", "그건 아니죠"라는 식의 표현을 자주 쓰는 사람이 있다면 분노를 멈추고 이런 식으로 응수해보라.

"아, 그런 생각도 할 수 있겠네요."

"좋은 관점에서 나온 생각이네요."

대화에서 중요한 것은 상대가 아니라 내 마음이 편안해야 한다는 것이다. 같은 의미의 말도 조금만 표현을 바꾸면 나의 마음을 편안하게 할 수 있다.

나는 잃을 게 많은 사람이다

화를 잘 내는 사람은 열심히 일해서 좋은 평을 듣다가도 순간의 감정을 조절하지 못하는 탓에 큰 손해를 본다. 그래서 나는 언제나 '나는 잃을 게 많은 사람이다'라고 생각한다. 지난 25년 동안 글에 쏟은 노력을 짧은 댓글 하나, 비난만 가득한 한마디에 무너뜨리고 싶지는 않다. 더구나 그는 별 생각 없이 짧은 시간 동안 댓글을 썼을 텐데, 왜 나만 긴 시간 고민하고 분노해야 하는가! 생각 없이 하는 비난은 깊게 생각하지 말고 스쳐보내자. 그것이 지금까지 수고한 내 삶에 대한 예의다. 그렇게 생각하면 타인의 부정적인 말에 크게 신경 쓰지 않게 되기 때문에 품위 있는 대화를 나눌 가능성이 높아진다.

자꾸 되씹지 말자

우리가 분노의 늪에서 잘 빠져나오지 못하는 이유는, 분노라는 감정에는 중독성이 있기 때문이다. 한번 기분이 나쁘면 생각하고 또 생각하게 된다. 그래서 많은 전문가들은 분노가 생길 때 몇 가지 질문을 통해 시간을 두고 감정을 제어하라고 조언한다. 물론 그게 현실에서는 쉽지 않다. 게다가 바로 한마디 쏘아붙이고 싶을 정도로 분노했을 때 스스로 자신에게 몇 가지 질문을 하며 마음을 제어할 수 있을 정도의 사람이라면 분노를 가라앉히는 질문조차 필요하지 않을 것이다. 그런 질문을 할 수 있다는 것 자체가 이미 자기 마음을 스스로 제어할 줄 안다는 증거니까.

부정적인 마음은 전염성이 강해서 그 사람의 마음을 쉽게 정복한다. 반면 긍정적인 마음은 빼앗기기 쉬워서 단 한 번의 유혹에도 힘을 잃는다. 결국 방법은 하나다. 한 번 부정적인 마음이 들면 열 번 긍정하고, 열 번 부정적인 마음이 들면 백 번 긍정하는 수밖에 없다.

더 자주, 더 강력하게 긍정하라. 그것이 긍정의 마음을 빼앗기지 않는 가장 좋은 방법이다.

"체크아웃 할 때에도 팁을 두고 나와야 하나?"

간혹 해외 호텔에 투숙한 지인들이 내게 묻는 말이다. 나는 팁을 중심에 두고 그 사람의 품격을 파악한다. 호텔 투숙 중에 팁을 두고 나가는 것으로는 그 사람의 품격을 가늠하기 힘들다. 그런데 마지막 날 체크아웃을 하며 투숙할 때 남긴 팁과 같은 금액을 남기고 나간다면 그것은 품격의 근거가 될 수 있다. 단순하게 '팁을 두고 갔느냐, 아니냐'의 문제가 아니다. 나를 위해 일하는 상대를 존중하느냐, 아니면 '무시하는 대상으로 보느냐'의 문제다.

품격은 도덕과 맞닿아 있다. 아무도 보는 사람이 없을 때 쓰레기를 줍는 것이 도덕적인 삶을 나타내는 것처럼, 주지 않아도 괜찮은 상황이지만 평소처럼 그 사람의 노력을 존중하는 것이 바로 품격이다.

"멋진 옷과 고상한 언변으로 만든 품격은 훅 불면 거품처럼 사라지지만, 사람을 향한 존중과 배려로 만든 품격은 어떤 상황에서도 그를 빛나게 한다."

호감을 제대로 전하는
표현의 기술

"이번에 대전에서 500명을 대상으로 공개 강연을 진행합니다. 정말 특별한 비밀을 하나 공개할 예정입니다. 참석하고 싶은 분들은 아래 링크를 클릭해 신청해주세요."

한 작가가 자신이 운영하는 SNS에 공개 강연 공지를 올렸고, 지금 당신은 댓글로 그를 향한 호감을 표시하려고 한다. 이때 어떤 식으로 글을 써야 상대에게 호감을 제대로 전할 수 있을까?

방법은 간단하다. 지금 현재 상황이 아닌 강연이 진행될 시점에 일어날 변화를 적는 것이다. 현재 상황만 보면 "작가님, 축하합니다"라는 식의 표현만 생각나지만, 행사에 미칠 영향에 집중하면 조금 더 근사한 표현이 떠오른다.

"작가님 말씀이 대전을 빛나게 할 날을 기다립니다."

"그 멋진 날을 손꼽아 기다리겠습니다."

"축하합니다"라는 표현도 물론 좋다. 하지만 듣는 사람 입장에서 생각하면 뭔가 부족하다는 느낌을 지울 수가 없다. 실제로 "축하합니다"라는 글에 "축하할 일은 아닌 것 같지만"과 유사한 댓글로 불편한 마음을 표현하는 사람도 있다. 왜 그럴까? 누군가에게 무슨 일이 일어난 것을 축하한다는 의미에는 "아직 너에게 거기까지 도달할 능력은 없지만, 운이 좋아서 달성했다"라는 상대를 낮추어 보는 감정과 "잘 일어나지 않는 일이 일어났네"라는 감탄의 마음이 복합적으로 들어 있기 때문이다. 축하를 하는 입장에서는 그것을 느끼지 못하지만 자주 축하를 받는 입장에서는 매우 민감하게 받아들일 수 있는 문제다.

너무 많은 강연 요청에 힘든 나날을 보내는 사람에게 "강연 축하합니다"라는 댓글을 쓰는 것은 전혀 그의 상태를 고려했다고 볼 수 없다. 힘들지만 대전에 사는 사람들을 위해 강연하기로 결정한 사람에게 "작가님의 마음이 아름답습니다"라는 식의 댓글을 적는 것이 좋다. 뿐만 아니라 아무리 초보라도 자신의 강연 공지에 "축하합니다"라는 댓글이 달리는 것을 좋아하는 사람은 많지 않을 것이다. 있어 보이고 싶은 마음은 누구에게나 존재하기 때문이다. 그것을 만족시킬 수 있는 표현을 생각해야 한다.

조금 더 자세히 분석하면 이렇다.

상대의 마음을 먼저 읽자

호감을 전하고 싶다면 상대가 올린 공지를 제대로 읽어서 그가 받고 싶은 댓글이 무엇인지 먼저 알아내야 한다. 앞에서 언급한 작가의 공지에서 중요한 단어는 '대전'과 '500명', '특별한 비밀' 등 세 개다. 세 단어를 최대한 그의 입장에서 풀어내야 한다.

힌트를 제대로 활용하자

추상적으로 '축하한다'고 표현하기보다는 세 단어를 적당히 활용한 축하 인사가 그에게 호감을 전하는 데 더 큰 효과를 발휘할 수 있다. '대전'이라는 지역의 특성과 강연으로는 많은 숫자인 '500명'이라는 인원과 '특별한 비밀'이라는 차별성에 초점을 맞춰 축하하면 수백 개의 댓글이 달려도 그의 눈에는 당신이 쓴 글만 보일 것이다.

좋은 상황에 초점을 맞춰라

상황이 좋지 않고 표현하기가 힘들다면 이것 하나면 기억하라. 지금의 안 좋은 상황이 아닌 좋아질 내일에 초점을 맞춰서 마음을 전하라. 포인트를 좋은 상황에 두면 표현도 포인트를 따라간다.

미움은 전하기 쉽지만, 호감은 정말 전하기 어렵다. 미움은 그저 느끼는 그대로만 표현해도 강력하게 증오하는 마음을 전할 수 있지만, 호감은 적당한 표현을 생각해야 하기 때문이다. 호감을 전하기 어려운 이유를 이렇게 생각하면 왜 그런지 이해하기 쉬울 것이다.

"그를 좋아하는 만큼 좋은 표현을 생각하는 시간에도 정성을 담아야 한다."

마음을 담아 그를 생각하자. 그 마음이 결국 표현의 길을 알려줄 것이다.

언어 감각을 단련할 수 있는
최고의 교실은 일상이다

우리는 결국 일상을 살아가는 존재다. 순간순간 행복과 기쁨을 느끼지 못하면 아무리 많은 돈과 높은 지위를 얻어도 소용이 없다. 일상에서 자주 만나는 두 장면을 소개한다. 이를 통해 어떤 마음으로 어떤 표현을 할 때 우리의 일상이 빛나는지, 섬세한 눈으로 읽어보면 어제와 다른 오늘을 살게 할 단서를 발견할 수 있을 것이다.

#1.

어느 날 마트에서 식사하는 노부부를 본 적이 있다. 그 모습이 꽤 인상적이어서 아직도 기억하고 있는데, 풍경화처럼 가슴에 담아 둔 그 모습을 설명하면 이렇다.

고기를 썰 힘은 없지만 먹을 힘은 남아 있는 남편을 위해 굽은 허리에 힘을 주고 돈가스를 먹기 좋게 자르는 할머니의 뒷모습을 보며 마음이 짠했다. 자신의 우동이 불어버리는 것도 모른 채 할아버지에게 모든 신경을 집중하는 할머니의 모습. 할아버지는 우동이 불어버리는 게 미안한지 "그만 자르고 당신도 먹어요"라고 말했다. 하지만 할머니는 이렇게 말하며 계속 고기를 잘랐다.

"고기 뜨거울 때 맛있게 드세요. 나는 당신이 맛있게 먹었으면 좋겠어요."

서로에게 서로가 전부이지만, 다른 무엇도 더 필요할 것 없이 서로의 존재만으로 충분한 삶. 서로에게 살아갈 힘이 되어준다는 것, 사랑을 함께 나눈다는 것은 사람이 느낄 수 있는 최고의 기쁨 아닐까?

만약 할머니가 "에이, 내가 이게 무슨 고생이야! 집구석에서 밥에 김치나 먹을걸"이라고 소리쳤다면 두 사람의 마음이 모두 무너져 내렸을 것이다. 그 자리가 세상의 가장 구석진 자리가 되었을 것이다. 서로 할 말을 아름답게 하지 않으면 둘의 자리는 최악의 구석으로 변한다.

태양이 없다고 말하지 마라. 별과 별이 만나면 세상에서 가장 환한 태양이 된다. 빛은 우리가 스스로 만들어나가는 것이다.

#2.

"직장에서 도망치듯 나와 나를 찾아 떠난 여행."

낭만적이라고 생각할 수도 있는 문상이나. 하지만 내면의 깊이와 결을 세심하게 바라보면 전혀 그렇지 않다. 이렇게 말하고 떠난 사람은 90% 이상 다시 직장을 구해 다니거나 직장을 그만둔 것을 후회한다.

왜 그는 후회하게 되는 걸까? 바로 그가 내뱉은 한마디 때문이다. 모든 엄청난 결과는 언제나 한마디에서 시작된다.

"직장에서 도망치듯 나와 떠난 여행"이라는 표현은 문장 자체가 매우 부정적이다. '도망'과 '떠난 여행'이라는 표현이 특히 힘든 현실과 힘들 미래를 예견하는 부분이다. 직장은 지옥이라고 생각하고, 여행은 천국이라고 생각하는 것은 좋지 않다. 정반대의 단어를 대입해서 상승효과를 보려고 하지 말고, 둘 다 좋은 위치에 놓일 수 있도록 해야 한다. 이 경우 표현을 다음과 같이 고치는 것이 좋다.

"더 밝은 빛을 찾아 시작한 여행에서 나를 발견하다."

직장도, 여행도 모두 좋은 선택이지만 더 빛나는 것을 선택했다는 표현이다. 그래야 나중에 여행을 마치고 돌아와서 후회하지 않을 수 있고, "참 잘한 선택이었다"고 자신 있게 말할 수 있다. 물론 그래야 여행으로 무언가를 배울 수도 있다.

어둠에서 벗어나 빛을 보자. 인생의 빛은 그것을 바라보려고 하는 자에게만 잡힌다.

일상은 우리가 가진 유일한, 사라지지 않는 경쟁력이다. 모든 언어 감각도 일상에서 발견하고 배워야 한다. 그러기 위해서는 관계를 사랑하는 마음을 지니고 있어야 한다. 관계를 사랑하는 사람이 가장 적절한 언어를 구사할 수 있기 때문이다. 그래서 나는 떠남이 목적인 여행을 선호하지 않는다. 진실로 그 나라에 산다는 것은 순간적으로는 절대 끊을 수 없는 관계를 많이 만들고, 각종 세금 문제와 교육 문제에 대해서도 치열하게 고민한 시간이 필요하다고 생각하기 때문이다.

엉덩이만 잠깐 붙인다고 그 의자에 대해 안다고 말할 수는 없다. 우리가 사는 것도 마찬가지다. 타인의 삶이 편안해 보이고 그저 부럽기만 한 이유는 그의 삶을 살아본 적이 없기 때문이다. 겉에서 바라본 시간만으로는 안의 사정을 알 수 없다.

우리는 모두 복잡한 관계를 맺고 산다. 그것이 쉽게 떠날 수 없는 이유이기도 하다. 하지만 나는 그 관계가 참 근사하다고 생각한다. 나를 사랑하는 아이와 부모님, 언제나 힘들 때마다 안아주는 친구, 매일 다투지만 그래도 믿음직한 직장 동료, 낼 때마다 기분 나쁘지만 열심히 산 내 노력의 증거인 각종 세금까지. 내가 여기를 떠나고 싶은 모든 이유는 결국 내가 떠날 수 없는 이유와 동일하다. 그것들이 나를 힘들게 하시만, 그것들이 있어 여기까지 올 수 있었으니까.

"그 모든 일상을 사랑하자.
더 많은 것을 배울 수 있을 것이다."

비판과 비난을
구분하는 법

사실 비판은 그다지 반가운 말이 아니다. 하지만 세상에는 좋은 비판도 있다. 우리는 반드시 그것을 받아들여야 한다. 문제는 그것을 구분할 수 있는 안목을 가져야 한다는 것이다.

나는 매일 글을 쓴다. 다시 말해 매일 비판과 비난을 받는다. 서로 생각이 다르기 때문에 내게 주어지는 비판과 비난은 당연하다고 생각한다. 아마 세상에 나가 무언가를 하는 사람이라면, 마찬가지로 매일 비판과 비난 사이에서 고민할 것이다.

내게는 비판과 비난을 구분하는 방법이 하나 있다. 둘 다 일단 듣거나 읽으면 기분이 상한다. 마음속에 들어와 나를 괴롭힌다. 여기까지는 둘 다 마찬가지다. 하지만 좋은 비판은 비난과 다른 게 하나 있는데, 시간이 지나면서 점점 마음이 따뜻해지고 아주 오랫동안 사라지지 않는다는 것이다. 반대로 비난은 빠르게 마음을 장악하지만, 또 언제 지워졌는지 모를 정도로 기억 속에서 금세 사라진다.

좋은 비판이 오랫동안 따뜻하게 내 안에 머무는 이유는 그 사람이 긴 시간 따뜻한 마음으로 고민하다가 준 아름다운 마음의 선물이기 때문이다. 하지만 비난은 다르다. 상처를 주려는 마음이 빠르게 만든 조잡한 말이기에 아무런 영향을 주지 못하고 금세 사라진다.

이제 누군가 나를 비판하거나 비난하면 조용히 앉아 커피 향을 즐기듯 그 말을 음미해보자. 따뜻하게 오래 남는 말은 고이 간직하고, 전해준 사람에게 "정말 고맙습니다"라고 인사하자. 반대의 경우에는 스스로 빠져나가기 전에 먼저 버리자. 상대가 고민하지 않고 던진 말에 내가 굳이 긴 시간을 소비할 필요는 없다.

비판을 받지 않고 성장하는 사람은 없다. 서로가 좋은 관계를 유지하려면 좋은 비판을 자주 나누며 지내야 한다. 하나만 기억하자.

"좋은 비판은 마음이 결정한다. 아주 긴 시간 그 사람을 위해 생각한 따뜻한 한마디는 서로를 아름답게 한다."

자기 분야의 대가로 성장한 사람들에게는 공통적으로 까다로운 사람과 거친 세상을 다루는 방법이 하나씩 있다. 세상에 착하기만 한 사람은 없다. 모든 사람의 기준이 다 다르기 때문이다. 나도 자주 비난을 받고 욕을 먹는다. 그렇다고 그들을 미워하지는 않는다. 같은 말과 행동을 보여도 누군가는 지지를 할 수도, 반대로 비난을 할 수도 있기 때문이다.

나를 지지하는 사람 앞에 서면 행복하지만, 반대로 나를 비판하는 사람 앞에서는 움츠려든다. 그것이 마음을 가진 인간의 기본 성향이다. 하지만 나는 조금 다르게 생각한다. 그 생각이 나를 흔들리지 않게 잡아줘 세상을 일정하게 걸을 수 있게 돕는다.

"나를 비판하는 사람은
나를 싫어하는 사람이 아니라 비판적 지지자일 뿐이다."

누구나 일상에서 타인이 주는 고통을 경험한다. 한마디, 한마디에 신경을 쓰면 일상은 흔들림 그 자체일 것이고, 도저히 앞으로 나갈 수 없게 될 것이다. 세상 사람들을 극과 극으로 나누지 말자. '지지자'와 '비판자'가 아니라 '지지자'와 '비판적 지지자'라고 생각하자. 우리 모두는 이 세상을 함께 살아갈 사람들이니까.

말은 자신이
피어날 곳을
선택하지 않는다

"좋은 말이 인생에서 참 중요하다는 사실을 알고는 있는데, 그게 잘 안 되더라고요."

"알고 있지만, 잘 실천이 되지 않는다"는 말은 변명처럼 정말 자주 사용하는 표현 중 하나다. 그런데 그렇게 말하는 이들은 정말 그것을 알고 있는 걸까? 안다는 것부터 다시 생각해봐야 한다. 나는 이렇게 생각한다.

"안다면 그것을 실천하지 않을 수가 없다.
실천하지 않는다는 것은 잘 모른다는 증거다."

포털 사이트 기사에 달린 댓글을 보면 참 무섭다. 온갖 저주를 퍼붓는 말과, 증오와 분노로 가득한, 듣기만 해도 섬뜩한 표현들. 좋은 말이 좋은 인생을 만든다는 사실을 우리는 잘 모르고 있다. 알면 그렇게 말하며 살지 않을 테니까. 더는 말에서 도망치지 말자.

동료가 마음에 들지 않아 선택한 이직, 외로운 감정을 견딜 수 없어 만난 이성, 부모의 간섭이 싫어 자유를 꿈꾸며 선택한 결혼, 이들 모두가 자신이 원하는 것을 손에 넣을 수 있을까? 물론 가끔은 원하는 삶을 살 수도 있다. 인생은 알 수 없는 거니까. 하지만 나는 분명한 사실 하나를 알고 있다.

'도망친 곳에서 낙원을 만나는 사람은 없다.'

좋은 말은 좋은 생각에서 나오고, 결국 우리의 일상을 좋은 방향으로 이끌어나간다. 지금 자신의 삶을 바꾸고 싶다면 말을 바꾸자. 그 모든 변화는 내가 자주 사용하는 말을 바꿀 때 시작된다.

"말을 바꾸면 삶을 바꿀 수 있다."

《사색이 자본이다》에서 나는, "꽃은 자신이 피어날 곳을 선택하지 않는다"라고 말했다. 말도 마찬가지다. 상황과 분위기에 꼭 맞는 말은 그 자리를 아름답게 할 꽃처럼 피어난다. 또한 말은 사람을 가리지 않는다. 누구에게나 허락된 사라지지 않는 재산인 셈이다.

　우리는 말로 상대에게 행복과 기쁨, 슬픔을 다 줄 수 있다. 상대가 느끼는 모든 감정은 모두 나의 선택에 달려 있다. 우리의 말의 서랍에는 상대의 모든 기분까지도 제어할 수 있는 힘이 있다. 나는 그게 참 근사하다고 생각한다. 나와 세상을 모두 원하는 대로 바꿀 힘이 내 안에 존재하는 거니까. 그래서 나는 소망한다, 그대의 귀한 말의 서랍을 소중하게 지키고 오래도록 간직하기를. 순간적인 만족을 위해, 잠깐의 편안함을 위해 말의 서랍을 훼손하지 않기를. 소중한 게 있다면 그게 추억이든 사람이든, 끝까지 믿고 안아주며 사랑을 전해주기를. 당신의 사랑으로 무럭무럭 자랄 수 있게. 우리의 말의 서랍은 그렇게 세상에서 가장 아름다운 존재가 된다.

말의 서랍

2018년   8월 3일 1판 1쇄 발행
2020년   3월 6일 1판 4쇄 발행

지은이 | 김종원
펴낸이 | 이종춘
펴낸곳 | BM (주)도서출판 성안당
주소 | 04032 서울시 마포구 양화로 127 첨단빌딩 3층(출판기획 R&D 센터)
      10881 경기도 파주시 문발로 112 출판문화정보산업단지(제작 및 물류)
전화 | 02) 3142-0036
      031) 950-6300
팩스 | 031) 955-0510
등록 | 1973. 2. 1. 제406-2005-000046호
출판사 홈페이지 | www.cyber.co.kr
ISBN | 978-89-315-8267-3(03810)
정가 | 15,000원

이 책을 만든 사람들
기획·편집 | 백영희
교정 | 권영선
표지·본문 디자인 | 박소희
홍보 | 김계향
국제부 | 이선민, 조혜란, 김혜숙
마케팅 | 구본철, 차정욱, 나진호, 이동후, 강호묵
제작 | 김유석

■ 도서 A/S 안내

성안당에서 발행하는 모든 도서는 저자와 출판사, 그리고 독자가 함께 만들어 나갑니다.
좋은 책을 펴내기 위해 많은 노력을 기울이고 있습니다. 혹시라도 내용상의 오류나 오탈자 등이 발견되면 "좋은 책은 나라의 보배"로서 우리 모두가 함께 만들어 간다는 마음으로 연락주시기 바랍니다. 수정 보완하여 더 나은 책이 되도록 최선을 다하겠습니다.
성안당은 늘 독자 여러분들의 소중한 의견을 기다리고 있습니다. 좋은 의견을 보내주시는 분께는 성안당 쇼핑몰의 포인트(3,000포인트)를 적립해 드립니다.
잘못 만들어진 책이나 부록 등이 파손된 경우에는 교환해 드립니다.